漫漫岁月，

长河流沙。

长河流沙

魏景芳 著

北京交通大学出版社
·北京·

图书在版编目（CIP）数据

长河流沙 / 魏景芳著. —北京：北京交通大学出版社，2018.4
ISBN 978-7-5121-3515-4

Ⅰ. ① 长… Ⅱ. ① 魏… Ⅲ. ① 中国文学–当代文学–作品综合集 Ⅳ. ① I217.2

中国版本图书馆 CIP 数据核字（2018）第 028868 号

长河流沙
CHANGHE LIUSHA

责任编辑：叶　霖
出版发行：北京交通大学出版社　电话：010–51686414　http://www.bjtup.com.cn
地　　址：北京市海淀区高梁桥斜街 44 号　　邮编：100044
印 刷 者：艺堂印刷（天津）有限公司
经　　销：全国新华书店
开　　本：148 mm×210 mm　　印张：6.5　　字数：213 千字
版　　次：2018 年 4 月第 1 版　　2018 年 4 月第 1 次印刷
书　　号：ISBN 978-7-5121-3515-4/I・51
定　　价：60.00 元

本书如有质量问题，请向北京交通大学出版社质监组反映。对您的意见和批评，我们表示欢迎和感谢。
投诉电话：010–51686043，51686008；传真：010–62225406；E-mail：press@bjtu.edu.cn。

推荐序一

结缘书法　寄情翰墨

陈　杰

光阴荏苒，逝者如斯，转眼已和景芳先生相识十余年了。20 世纪 90 年代末，在我老家博兴县委一间狭小的办公室里，我第一次认识了这位温文尔雅的宣传部长。因初相识，我们话不多，但他书橱里摆放的大量书籍和办公桌上摊开的未来得及收拾的文稿告诉我，这是一个爱学习、爱研究的学者型干部。也许是我们俩有着共同的人文情怀，所以一见如故，深感相见恨晚。从此以后，我们交往日深，结下了深厚的友谊。

十几年来，他宽广的胸怀、和善的内心和爽朗的性格一直让我钦佩。景芳兄是我的兄长、挚友、书友、老乡，他从政于博兴、邹平，又来到滨城，每每相见或电话联系，总是对我关爱有加，我对他是发自内心的感激。

我知道，受家学影响，景芳兄年轻时就对书画艺术特别钟情，20 世纪 70 年代在乡镇工作时，他与博兴书画名家张雷白老先生有忘年之交，对老先生的生活帮助颇多。在跟老先生的密切来往中，耳濡目染，景芳兄也练起了书法，只是那时候因政务繁忙，身不由己，没有更多的时间对书法进行研究和学习。但是多年来，他以炽热的情怀与书画人结下了不解之缘，与书画艺术建立起了刻骨铭心的感情。在博兴县任职期间，他力主兴建广播电视中心、文化娱乐广场，增设书法创作机构，筹集资金保护文物古迹。到邹平上任后，景芳兄兼任了县书协主席，他兼收并蓄，带领广大书法作者举办各项书法活动，使得邹平县民众的书法热情空前高涨，许多村镇建立了书法组织，很多作者在全省或全国拿到了大奖，获得了“滨州书法看邹平”之誉，为全县的书法队伍建设和“中国书法之乡”的授牌打下了坚实的基础。因此，他受到了邹平县广大书法作者们的崇敬和爱戴。景芳兄到滨城区工作后，书法情结在他心中挥之不去，他热情不减，公事之余读书临帖，技艺大增，兼任了区书协主席、滨州市书协副主席，并加入了中国书法家协会，成为会员。随后，他为区书协安排专职的书法工作者，开展日常工作，每年举办多样的展览、讲座，为社会服务。在景芳兄的带领下，滨城书协的人们团结合力，扎实有效，既抓骨干培训又抓书法普及，整个书法面貌焕然一新，各方面成绩逐渐显现。现在，他又创建了滨州市书法家协会创作中心，为全市广大书法作者交流研讨搭建了一个平台，这个平台成了滨城区的“滨州书法之家”，真是可敬！

年岁愈长，求知欲愈强。近年来，景芳兄开始对书法进行系统的研究，他求师问道，并参加了北京大学书法高级研修班以开阔眼界、拓宽思路。他谦虚认真，每每来京我们必于书法上交流一番，既痛快又放怀，兄弟之情也愈酿愈厚……

书道漫漫，书法艺术令人追求和向往。“不经一番寒彻骨，怎得梅花扑鼻香。”祝景芳兄的书法艺术，如他宽厚的人品那样让大家敬佩，愿我们的兄弟之情更深更长！

2017 年 5 月 1 日

推荐序一　作者简介

陈杰，1965 年生，著名青年书法家。中国书法家协会会员，山东省书法家协会理事，山东省青年书法家协会副主席，滨州市书法家协会副主席兼秘书长，滨州市青年书法家协会主席，《书法报》特约记者。

推荐序二

魏景芳先生其人其书

雪　松

景芳先生与书法有缘，此缘有来龙也有去脉。

来龙者其祖父辈对其影响甚笃。自幼见祖父、父亲摆弄文墨，吟诵诗文，他耳濡目染，文脉便在生命的源头扎下根来。一般来说，有文脉流淌的家庭，其后辈所受的影响，并不完全拘泥于一个方面，乃是一生文化人格的塑造。景芳先生也不例外。他与书法之结缘，乃是一个缩影，在这之上，是他对于传统文化的热爱，从读书藏书、习读古典诗词、爱好古家具乃至书法国画，这一切因素，融汇成了他生活的一种氛围，并日渐成了他精神生活的一种调门。他做官从政、参与广泛的社会生活，无论身处何地，有何际遇，这种调门一直或敞亮或隐晦地鸣响着。不仅如此，他的精神基调也深深影响着他的家庭和后辈人：他的夫人和孩子不仅画得一手好画，而且都喜爱读书和结交文友，可谓书香墨韵代有承传。若说殷实和谐已是普通家庭的高标，而这般弥漫着丰赡精神追求的家庭，则可以说是锦上添花。

来龙如此，去脉亦芬芳毕现。景芳先生担任领导工作之余，近几年兼任滨州市书法家协会副主席、滨城区书法家协会主席之职，他将书协当作弘扬传统文化理想、培育国粹之人才的舞台，广开社会资源进行精心打造。围绕出人才、出作品，深入持久地搞展览、搞出版、组织广大作者研讨书法。只几年工夫，这里书法人才之勃发、创作之活跃、成果之丰硕，便足与外人道也。所谓去脉，实乃景芳先生对弘扬传统文化之担当精神的现实呈现。在这种大的文化情怀中，书法乃一瓢而已。

景芳先生是中国书法家协会的会员，他对书法的痴迷，是他文化精神最得力的一个支点。他的书法学习与创作成果，已在省市及全国多项书法展览中屡有呈现。对于书法的学习，他有两方面值得称道，也是他意识的凝聚之处：一是他注重开阔眼界。景芳先生是一个爱走路的人，所到之处，他关心的是书法艺术，追寻古今书迹、访碑买书、结交书法大家、看展览、听研讨，且经久不息，其眼界和对书法的认知日渐开阔。尤其近年来，他自费到中国书法院、中国艺术研究院、北京大学等书法艺术研究机构和高校听专家讲课，虽年过半百却甘当学生，这使他在对书法艺术创作的认识上获得了极大的提高。所谓眼高，非下如此功夫不可。二是在临池方面，他是个老实人，工余临摹古代经典，也是他学习的必由之路。他临楷书、隶书，也临行书、草书，近年来尤其喜欢于右任书迹。他最喜爱行书创作，早年多由性情，任意挥洒，近年则多有收敛，讲究笔法门径。观他的行书，碑帖结合，雅是主调，因醉心于于右任，则线条厚重，字有浑茫之气，但笔道遒劲亦不失雅意，对习书者而言，这一点很重要。笔者见其隶书，亦颇有值得称道之处，在蚕头燕尾的“老实”里，有颇多行意，字也写得松动自然。笔者亦见其临篆作品，活泼可爱，有异趣，只是此类作品不多，尚不能析说一二。从近年来景芳先生的习书经历和格局来看，他不满足已经取得的成绩，不仅如此，他还有在天命之年后全面建设自己、提高自己、以期有所突破的气格，实难能可贵也。对于书法的学习，我们大家都在路上，书法是一门值得活到老学到老的艺术，人书俱老，不仅指风格，亦指过程，信然。

2017 年 11 月 14 日于濯耳堂

推荐序二　作者简介

雪松，1963 年生，著名诗人、作家、书法家，现居山东滨州。著作有诗集《伤》《雪松诗选》。书法集有《含道》《墨语灵犀》《赵雪松古代僧人诗》等。曾获齐鲁文学奖优秀诗歌奖。

推荐序三

人生是一本书

曲延庆

鸡年的新春，远在滨州的好友景芳先生前来看我，一时令我不禁惶恐。按说至交相见，自是快事，欢喜非常。惭愧的是从年前他就告诉我，要出一本书，邀我作序，并为之题名，由于今年事多，一直拖了下来，至此还没有一点眉目，内心自然有一种惶然欠账的感觉。

几天过后，稍微平静了下来，我先看了他寄来的电子文稿，主要是纪实散文和诗词两部分，其中散文多是他退休前工作的纪实和感想。由于他喜爱文学，自然免不了触景生情，有感而发，或文或诗或词，分门别类，按时间顺序融汇于一集。在他的散文和诗词中，我仿佛看到了一位党的领导干部从参加工作以来，是如何一步一步踏踏实实，任劳任怨，恪尽职守。看着他的文稿，我油然生出一种独特的敬意。他这些年尘封的心声，还是第一次拿出来示人。这里头既有生活的苦难磨炼，有工作中的喜怒哀乐，也有他情感上无从表达的倾诉。我的眼前仿佛变幻出一个高大的形象，在一望无际的黄河沙滩上，或高喊或痛哭或跳跃或奔跑，脚踩着激流，追赶着浪花……我突然感觉到，人的一生不就像这大河里那些竞波逐流，翻浪腾跃的流沙吗？从遥远的黄土高原上被雨水、河水冲刷，裹挟着，汇入大河，又翻滚着，撞击着，奔向遥远的海洋。有的可能沉积在半途，但不知什么时候又被搅起，重新踏上征程。在行程中能够沉积下来的，必然是沙中的强者、智者。由此，我为他的文集题名“长河流沙”。

人常说：人生是一首歌。在我看来，人生更像是一本书。脚印是丈量旅途的尺码，是人生乐章的音符，是书写人生的如椽大笔。

我与景芳先生的接触始自他调到邹平工作。2001 年 3 月，他调到邹平任县委副书记、纪委书记。当时我在县政协任副主席。2002

年年底他又调到滨城区，相处时间并不长，从认识到分开，总共不到两年的时间。但就是在这600多天的时间里，我认识了他，了解了他，走近了他。纪委和政协本是两个业务互无交集的单位，我们并不常见面。我更是一个不好趋炎附势，不善与当政领导深交的人，但是，在这屈指可数的时间里，一个偶然的工作安排，让我们共同参与领导了邹平的旅游开发。正是由于那一段时间的配合，我们一同爬山实地考察，携手挖掘地方文化，共同研究开发策略，我们俩的心慢慢走近，而且是越走越近。推心置腹，携手共事，真诚相助。真的好像有一种魔力将我们不断拉近，好像冥冥中有一种缘分，让我们的心靠得很紧很紧。

人生是一本大书，内容广博而深邃。事业情感、家庭社会、成功失败、人格人品、人缘人情……每个人的道路经历不一样，当然书的内容就相去万里了。

景芳先生是个很有魅力的人。他无论是性格、气质，还是工作能力、道德品质等方面都具有一种非常吸引人的力量，备受人们的欢迎。这是一种人格的魅力，感染了很多人，也影响了很多人。他在邹平不到两年的时间里，让我感受到他的身上始终散发着一股正能量，这就是人们常说的正气。“天地有正气”，一个人生存于天地间最为可贵的，恰是并非所有人都能具有的人格。

景芳先生是个很有品位的人，他能让人品味。犹如喝茶，有的端起杯一饮而尽，有的则在花前月下细细品尝，让那茶水甜中带涩的味道慢慢沁入心脾，从中品到生活，品到人生……他曾对我说过，退休了，才能真正享受到生活的乐趣。他退休后的生活并不奢华，但是优雅、精致，有情趣，有格调，有追求，有意义。当你走进他家，那古色古香的客厅和充满书卷气的书房，像有一股清新之气扑面而来。你就会感觉出他退休后的生活与他在职时的巨大反差。人常说，文化艺术的修养是品格的修养。品格的修养体现在“高”上，而文化艺术的修养，则体现在“雅”上。有的人一退休，就迫不及待地委身于企业，而他却像挣脱了羁绊，游走在一些文人雅士之间，在书画艺术的天地里骋怀，并将此作为一种享受。

景芳先生是个很有人缘的人。在他的身边经常会围绕着一群真诚的朋友，他也往往成为其中的核心。人们都愿意和他聊天，都愿意与他共事聚玩。他一生流转的工作岗位不少，但无论时间长短，每个单位都结交下一些与他无话不谈的知心朋友，而且很多是他的直属下级。他与人相交，真诚相待，推心置腹，让人感觉相见恨晚。特别是在他调离后，一些人恋恋不舍，时常惦念。

景芳先生也是个很有人情味的人。作为县纪委书记，他并不是冷冰冰地去审查犯了错误的同志，而是用关心爱护的态度去诚恳地帮助他们认识错误，改正错误。对单位的同事，他不仅要求同志们严格工作，而且还设身处地地去帮助解决一些下属同志的家庭困难。在单位就是丁是丁，卯是卯，下了班嬉笑闲玩，真诚相处，不是亲兄弟，胜似亲兄弟。

人生就是这样，每个人从一生下来就按照自己的命运轨迹前行，没有重复，没有倒退，而是按照命运安排的路线一直走下去。用事业书写人生，用品格铸就高尚，用真情润泽四方……人生在世，言谈举止，群皆观止，众说足评。我想景芳先生的这第一本书稿，只能算是他人生旅途中的一个序曲，并不能代表他的全部。我希望，或许他正孕育于胸中的那第二本书稿，是他人生中更精彩的华章。

春风送暖，春雨无声。在景芳先生的《长河流沙》付梓之际，仓促为文，以为祝贺。

2017年3月30日

推荐序三　作者简介

曲延庆，山东省邹平县人，邹平县政协原副主席。现为中国范仲淹研究会副秘书长、山东省范仲淹研究会常务副会长、山东省作家协会会员、山东省历史学会会员。曾主编《邹平县志》《邹平政协四十五年》《邹平区域文化通览》，主要著作有《邹平通史》《邹平文化史稿》《先忧后乐范仲淹》《青少年范仲淹》《范仲淹》《苦乐年华》等。其中电影文学剧本《苦乐年华》荣获 2010 年第三届山东省“泰山文艺奖”三等奖。

目　录

第一部分　散　文

第二部分　诗　歌

第一部分

散　文

碣石山寻古

在山东省最北部的无棣县碣石山镇有一座不起眼的小山丘，镇因山而得名。碣石山面积只有 0.39 平方公里，海拔 63.4 米，在广袤的鲁北平原它是唯一的一座山。山体屡遭破坏令人遗憾。据科学家考证，它是火山爆发喷积而成，如今已有 73 万岁。它没有泰山的雄伟，没有黄山的奇峻，没有华山的险峻，然而它却跟数不清的古代名人事件有着密切的联系，反倒名膺大山。走近碣石山就会寻到一段鲜活的历史，领略到名山的风范。2005 年 7 月 22 日，在我的好朋友郭云鹰同志陪同下，我和骆希代、杨守岭、李秀宗等迎着落日的余晖，登上了这厚重的历史文化名山。

此山历史上又叫无棣山、马谷山、盐山等，位于山东无棣县，唐朝诗人刘长卿有首《晚泊无棣沟》描写过此山，诗云：

无棣何年邑，
长城作楚关。
河通星宿海，
云近马谷山。
僧寺自云外，
人家绿渚间。
晚来潮正满，
处处落帆还。

而提起曹操的《观沧海》，更是声名远播。

东临碣石，以观沧海。
水何澹澹，山岛竦峙。
树木丛生，百草丰茂。

秋风萧瑟，洪波涌起。
日月之行，若出其中。
星汉灿烂，若出其里。
幸甚至哉，歌以咏志。

碣石山在哪儿？正是眼前脚下的这座小山丘！从唐朝起就有人考证“碣石”二字，考证秦始皇，考证汉武帝那些有作为的皇帝们曾经登临、刻碑的碣石山，跟《尚书·禹贡》所载“恒、卫既从，大陆既作。岛夷皮服，夹右碣石入于河”的碣石是不是一码事？

郭云鹰同志根据明清之际大学者顾炎武的文章、诗词等历史资料，进行了细致的实地考察研究，排众议而明确禹贡碣石在无棣。曹操所登临的碣石也在无棣，《观沧海》正是在此写就。著名历史学家、秦汉史专家安作璋教授亲笔题词“禹迹已湮，碣石犹存；盛世复名，历史重光”，对禹贡碣石在无棣、曹操“观沧海”登临处在无棣这一研究成果给予充分的肯定和极高的评价。2001年9月，无棣县委县政府举办仪式为此山恢复最早的称谓——碣石山，又进行全面规划，将其开发为旅游区。如今参观的人络绎不绝。

山不在高，水不在深。走近碣石山，令人耳目一新。从北山门出发，拾级而上就会惊奇地发现，漫山遍野都是火山弹。这是火山喷发时四下迸溅的岩浆遇到大气压形成的，大的形如馒头，小的形如煤球，在阳光的照耀下五彩缤纷。曲径通幽，进入石林，但见怪石嶙峋，高石如锥，危崖若倾，中间的“三国石”鼎足而立，让游人浮想联翩。蜿蜒盘旋至山顶，首先映入眼帘的是“观海亭”中的“魏武帝曹操登临处”。登临此亭，心旷神怡，感叹沧桑巨变，凭栏吊古。北望渤海，山纹丝不动，可海浪却一天天退远了……“观沧海”和“处处落帆还”的景象一去不复返了。细想我们今天来此观海与曹操观海已相距 1700 多年，真是沧海桑田！俯瞰山下，阡陌纵横，层林尽染，气象万千，方圆数十里的美景尽收眼底，让人留连忘返。

碣石山的确是一座历史名山，也是一个传统的文化宝库，历代文人墨客或香火祀神，或凭崖垂钓，或登山吊古，或吟诗抒怀，留下了许多让人回味的历史典故。新恢复的神庙、玉皇庙、大雄宝殿更是别具特色。目前，一座集旅游观光、人文贸易于一体的名山已大放异彩。碣石山一定能够用它宽阔的胸怀接纳四海宾朋！

2005 年 10 月 18 日

（原载于济南出版社《禹贡碣石山》，有改动）

故乡的麻大湖

在黄河入海口南岸的博兴县、桓台县之间有一个天然湖泊，它就是麻大湖。

麻大湖是朱龙河、孝妇河、乌河等汇聚而成的内陆淡水湖。麻大湖，它是湖又不像湖，湖中有小路，小路上有杨柳、翠苇，水中有红荷，上千条港汊被杨柳、苇荷点缀得俏丽动人；湖区有荷，穿村绕巷翻碧浪，将几万户人家分割，家家门前搭小桥，桥头有小船停泊，真是一派不是江南、胜似江南的风光。

相传春秋战国时期，这里曾是平原，齐桓公在此召集各国诸侯，为迫使诸侯公认他的霸主地位，便重兵列阵于此，而各国不甘屈辱，也纷纷将大军调来。千军万马踏出一排凹地，经黄河水漫溢，留下了许多沟沟汊汊，有些地方积水成泊，人们便叫它“马踏湖”。随着时间的推移，又加上沿湖人们普遍种植红麻，当地的人们又称它为“麻大湖”，延续至今。

麻大湖，它既不像鄱阳湖、洞庭湖、太湖、巢湖那样烟波浩渺、气象万千；也不像西子湖、瘦西湖那么娇小玲珑、娟秀柔美。它瓜连蔓结，由一个个小湖泊连缀而成，密如繁星，水道如网，港汊纵横，湖中岛屿星罗棋布。几万乡民散居湖中，家家户户都被那串村绕户的盈盈一水隔开，许多人家的门前屋后都搭着小桥或泊着小船以应往来的交通之需。湖中处处是良田、鱼池，种着水稻、莲藕、红菱，还盛产鲈、鲢、鲫、鳗、虾、蟹等，俨然是典型的江南水乡风貌。

然而麻大湖毕竟是麻大湖，除了江南的风貌，还有北国独有的风姿，湖畔水际高高的白杨树裂云排空，像一把把撑天的巨伞，又似一队队排列整齐的士兵，垂柳依依，风景如画。沿湖沙洲沃土之中挺立着密密匝匝的芦苇，粗壮结实，如同江南的竿竿修竹，拉起了一片又一片的青纱帐。

春天，万物复苏，湖上薄冰融化，那千渠万沟中的苇蒲便开始发芽出笋；岸边那棵棵劲柳，开始抽丝飘絮，碧水长天，整个湖上洋溢着一派勃勃生机。天蓝得透明，水绿得透明，整个麻大湖都是透明的。

盛夏，芦苇滴翠，鸭戏鸟鸣，随处可见接天莲叶、映日荷花的旖旎风光，也不乏小桥流水人家的清幽境地，更有"苇堵渠尽疑无路，竹篙轻点又一天。只闻笑语人不见，蒲苇深处有人烟"的奇观佳境。此时的麻大湖爽心怡情，好似那南国水乡。夜晚，皓月千里，水波粼粼，那美、那静，使人陶醉，令人心旷神怡。

金秋，是湖上的收获季节，那欢蹦乱跳的鱼虾，那洁白如玉的莲藕，给人们带来无比的欢乐。数不清的小船在湖上游动，载的是歌，载的是笑，载的是湖乡人民舒心的好日子。

隆冬，北风呼啸，大雪纷飞，麻大湖银装素裹，一片冰雪世界，人们在冰上捕鱼、捉蟹，分享丰收的喜悦。

麻大湖的美，不仅在于未加任何人工雕琢的天生丽质，更美在它的丰饶富庶。这里的芦苇质地格外好，刮出的苇子金黄锃亮，细薄柔韧，用它编织的宫灯、四扇屏、大屏风等工艺品畅销 10 多个国家。湖里种的"鱼龙香稻"也闻名遐迩，是历朝历代奉给宫廷的贡品。鱼类有鲈、鲢、鲤、鲫、鳝等几十种，野生鸟类有 70 多种，水生植物有 30 多种。麻大湖的名吃，质高味佳，久享盛名，其中尤以金丝鸭蛋、鱼龙香稻、白莲藕为最佳，曾是宫廷的贡品。故乡人还能用湖中的特产，做出多种风味菜肴，像蒲白黄鳝汤、辣子黑鱼片、鳞炸鲤鱼片等，都是上好的名菜。

要吃湖味，那可是举手之劳。你可下湖挖出娇嫩的白莲藕，洗净后，难分是雪、是玉还是藕。掐一荷叶包好，举拳头轻轻敲碎，展开荷叶，撒上白糖，折苇为箸，尝一口，香脆不亚于烟台苹果、莱阳梨，那般甘甜清冽，这就是麻大湖独有的“糖拌莲藕”。

你可再到水草丛生的地方，随意抱起一些水草，里边就可能裹着几条宛如水蛇的黄鳝，捉出后剔骨，取湖水煮熟，从湖底挖出蒲芯放在锅里一同清炖，这清香不腥、肥嫩不腻的“蒲芯鳝鱼汤”是难得的美味。这时你轻轻地划动小船，斟上佳酿，边赏美景，边品佳味，优哉游哉，其乐无穷矣！

逝者如斯，沧海桑田，如今的麻大湖多数已辟为良田陆地。昔日美丽的湖区风光已成为人们的美好回忆。值得庆幸的是，故乡政府已将其列为旅游开发的重点项目，麻大湖将会迎来崭新的篇章！

1994 年 9 月 8 日

（原载于《博兴报》，有改动）

访滕州

这一片山水，钟灵毓秀。我们的夏代始祖首先在这里发明了造车技术，商代先民最早在这里创造了青铜文化。

滕州之名始于黄帝，因境内众泉腾涌而得名。它以一邑之地而包春秋三个诸侯国，以励精图治的“滕小国”精神传颂千古，以民风淳朴的“善国”盛誉驰名天下。千百年来，不知多少文人骚客在滕州留下了墨香。我的两位旧友欲滕州行，要我陪游桑梓，义不容辞，遂成此行。

阳春三月，滕州大地生机勃发。凭车窗眺望，田陌青翠，远山如黛，桃红梨白。这块美丽富庶的土地，历史上农业发达，素有粮仓之称，是山东商品粮基地。看眼下这墨绿如油的麦田，肯定又是一个丰年。车行如飞，很快我们到了新石器时代的古文化遗址——北辛村。在这个氏族部落的聚居地，考古工作者发掘出大量商周时期的石刀、骨锥、鹿角器、陶网坠等，这说明先民们在 7 300 多年前就已开始了原始的农业劳动和编织、制骨、制陶等手工业劳动。

滕州是商族的发祥地。夏朝末年，商族势力迅速发展，成为一个强盛的民族，之后灭夏建立了商王朝。北辛文化的发现给商族历史研究提供了科学依据，为祖国灿烂的原始文化增添了新的一页。

我登上高高的龙山，一州之胜尽收眼底。东部泰沂山脉诸多峰峦，烟云缭绕，参差嶙峋，竞相挺秀；西部微山湖一泓碧水，渔帆数点，波光云影，风月清幽；中部平原万顷畦田如铺翡翠，5 条明亮的大河蜿蜒于山湖之间。大运河和京沪铁路粗犷地从境内穿过，显示出这里的繁荣；一个个现代化大企业拔地而起，规模恢宏，展现出经济发展的蓬勃之势。滕州为苏鲁皖三省通衢之地，自古商贾云集，是山东省重要的物资集散地。滕州工业萌芽于清末，现有工业企业多家，不少是国家和省的大型骨干企业。

滕州是墨子的故乡，墨家学派对我国古代科学文化的发展做出了杰出的贡献。墨家思想深深地影响了这里的人民，他们不懈地创造着人类的新文明，留下了众多名胜古迹。

龙泉塔下，荆河岸边，我凭吊了坐落在那里的一对碑亭。东亭内是献身人民解放事业的王麓水师长纪念碑，西亭内是捐躯抗日救亡战场的王铭章将军纪念碑。滕州是一片英雄的国土，这里的人民有着光荣的革命传统和强烈的爱国主义精神，他们最早举起了鲁南抗日义勇总队的大旗，集合起一群热血好儿郎；这里的军民并肩固守滕州，五千英烈护卫了文明古国的自尊和威严。为了人民的解放事业，他们贡献心力，谱写出无数可歌可泣的英雄业绩。

“文公台”是历代滕王的宫寝遗址。台上殿宇宫阁，飞檐斗拱，古色古香，威严凛然。滕国方五十里，如此一个小国，在八百诸侯争天下的局势下是很难存续的。可滕文公并不气馁，他礼聘孟子，馆于上宫，聚众讲学。他求教于孟子，按照其“政在得民”的主张，行“善政”，施“善教”，立“善国”，做出了一番为人所称道的成绩，各国贤俊纷纷慕名前来，居然在春秋战国的动乱中安然相传 31 世，历时 700 余年。滕州人民始终不忘祖训，民风淳朴，孕育出朴实公道、义气耿直、乐施善助、礼仪立门、忠厚传家的社会道德风尚。他们把市内主要街道取名善国路，全市最大的农贸市场叫善国市场，还有不少以“善国”命名的店铺，使游人体察到这里遗风犹存。

滕州，像一幅铺展开的立体画卷，启迪着人们。在离开滕州的一刹那，我突然强烈地感到：在时代无穷尽的追逐演化中，一个国家、一个城市，只有勇敢地肩负起时代重任，汲取历史文化精华，努力地发展自己的经济和文化，培养人民艰苦向上的精神，才能如凤凰涅槃，获得永驻的青春！

（原载于1990年3月24日《滨州日报》，有改动）

雨中游刘公岛

癸巳中秋，我与好友藺兵川一行到荣成拜访老友张希贵先生，途经威海顺便到刘公岛一游。

去刘公岛的那天，风大浪急，天上飘着细雨，暗灰色的天幕下，心情也不禁沉重起来。

知道刘公岛还是在中学的历史课本上，课本中刘公岛与海水的呜咽、战舰的轰鸣、将士的呐喊紧紧地连在一起。一个原本清秀明丽的小岛，因承载了中华民族太多的悲壮与荣辱而分外凝重了，于是到这个地方，了解过去悲壮的历史成了我多年的愿望。

游艇朝着目的地全速行进着，小雨打在我们的身上，凉凉的，海风吹在脸上，湿湿的。凭海临风，远处朦胧雾气中的小岛安详而又明净，我实在无法想象这片宁静的海域曾吞没了“致远舰”和邓世昌的将士们。小岛越来越近了，在绿树掩映中，一尊手持单管望远镜的清代官员的塑像在眺望着大海，提醒着人们这里曾经驻扎着大清的海军。

昔日戒备森严的大清水师基地，如今是游人如织。迈过水师提督府高高的门槛，我走进了一幅悲壮的画卷中，眼前的提督府面海靠山，是当年统领北洋舰队的最高军事机构，雕梁画栋、红墙绿瓦，虽然岁月易逝，沧桑巨变，但它的威严和气派依旧。展览室内陈列的图片及有关文字，全方位地展现了昔日北洋舰队的概况，更吸引我视线的是那些从大海中打捞上来，锈迹斑斑的铁锚、船桅、弹头及舰艇上的零部件。看着这些历史遗物，我内心的震撼是无以言表的。走进府中最后一重院落，赫然而立的是北洋舰队的两门主炮，旁边还附有打捞及迎接主炮回岛的有关文字介绍和图片，看到这些，我的心情十分沉重。

试问当年北洋舰队，武器装备、舰艇吨位丝毫不比来犯之敌逊色，两门主炮更是当时世界先进之武器，然而由于清政府的懦弱与腐败，最后落得全军覆没的惨境。这些见证历史的庞然大物包含的是屈辱，积淀的是邓世昌、丁汝昌及众多北洋水军将士们空有报国心，壮志不能酬的遗憾与无奈……至此，我又仿佛听到了甲午海战的隆隆炮声，看到了誓死抵御外侵之敌的将士们不屈的身影，感受到了中华民族脉搏中流淌着的生生不息的坚韧与英勇。

随后我们又游览了刘公岛的其他美景，我对这片美好的港湾有了进一步的认识，它是中华民族耻辱的承载地。一百多年前的英勇抗敌，将士们前赴后继，不怕流血，视死如归，为国捐躯的大无畏精神，将与这片湛蓝的大海一起，长存于人们的心中，这里必将成为爱国教育的圣地。

不知什么时候，风停了，雨住了，一缕金灿灿的阳光洒落在海面上，波光粼粼，与远处的渔帆点点相映生辉。我们怀着恋恋不舍的心情离开了刘公岛，同时深感不虚此行。

2013 年 10 月 15 日

绍兴纪行

2006 年 5 月 18 日，我与友人乘车来到了绍兴。一踏上古越之地，就像进了历史的宫殿里，茂林修竹、古宅遗迹、掌故逸闻……似曾相识的气息扑面萦怀，让人顿时感到一种沧桑厚重的人文底蕴。

到达绍兴之时，正值傍晚，所以我们直奔咸亨酒店，门口立着孔乙己的铜像，朝街的柜台堆的全是绍兴出产的老酒，眼前的咸亨酒店和书本里的“咸亨酒店”完全一样，让人们仿佛感到时光倒流……

店里人很多，熙熙攘攘。我们寻找一个空处落了座，见那醒目的“小店名气大，老酒醉人多”的匾挂在粉白的墙上，于是要了一坛老酒和绍兴特色小吃，仔细地端详着黑褐色的有点粗糙的大碗，以及碗中浓稠的老酒，品一口回味无穷。特色小吃臭豆腐，确实先臭后香。茴香豆半干地堆在碟子里，看上去粉粉的，咬上一口，沙沙的豆子慢慢地在舌尖上化开。我们吃着臭豆腐和茴香豆，体验了孔乙己喝酒的感觉，老酒后劲很足，每人两碗后，已觉得天昏地暗……

第二天，我们来到了鲁迅故居。故居坐北朝南，是江南特有的那种深宅大院，古朴、庄严。鲁迅先生出生于大院五间正房下的西次间。清末道光年间，周氏家族衰落。1918 年经族人共议，将这群老宅连同宅后的百草园卖给东邻朱姓。老宅易主后，原宅大部分拆掉，但鲁迅家居住的主要部分幸得保存。现在故居的石栏水井、鲁迅母亲卧室的陈设及那张大木床，还有那件砖木结构的厨房及三眼大灶都是原物和原貌，据工作人员介绍，鲁迅和他少年时代的朋友章运水就是在灶房相识的。厨房的北边是一狭小的天井，天井过后有三间平房，当中一间可通百草园。当年章运水的父亲曾在此为周家修制竹器用具，他在工余时间经常给鲁迅做竹制玩具……

正如鲁迅先生在《从百草园到三味书屋》这一名篇中所描绘的那样，百草园从外貌看似乎是一座荒园，只见北边小园的月门上刻着“百草园”三个大字和一副“仰视桑葚熟，俯听蟋蟀鸣”的对联。据介绍，“百草园”原是周姓十来户人家共用的一个菜园，占地约 200 平方米。这里虽然没有明显的界线，却又分出了大园和小园。南边的叫大园，紧靠鲁迅故居的地方，有几棵高大的皂荚树，如今已是树枯叶败，光秃秃的树枝上挂着残存的皂荚，西边残留着一堵一米多高的矮墙，作为与西邻梁家园子的分界线。园里平时种一些瓜菜，秋后用来晒谷，这就是鲁迅童年时代玩耍的乐园，先生笔下有过色彩斑斓，情趣盎然的描绘。

从故居出来，西行数百步往南走过一座石板桥，从一扇黑漆竹丝门进去，就是三味书屋。这是一处极具我国民族特色的私塾学堂。书屋前是一条缓缓流过的小河，小河边有石阶直通三味书屋。三味书屋又低又矮，里面摆了三四张桌子，书屋迎面墙上至今还挂着那张天真活泼的小鹿的图画。私塾老师寿怀鉴，是一位刚直、质朴和博学的人，他的为人和治学理念给鲁迅留下了深刻的印象。当时鲁迅在这里除了读经书，还广泛涉猎野史笔记、古典文学。据工作人员介绍，鲁迅先生用的课桌是在最左边角上，站在门口望，却看不到先生刻在桌子上的“早”字。屋里空荡荡的没有一人，恍惚间，仿佛耳边蓦地响起寿老先生威严而有力的声音：“人到哪里去了？”手心一凉，大抵是挨了戒尺。

我们一行坐在临街凉亭的木凳上，望着渐渐西坠的夕阳，感慨颇多，三味书屋虽然简陋，但先生有真知灼见，施教有方，学生锐意进取，敏而好学，这小小的书屋，便成了一代文豪的摇篮。

夕阳西下，我们意犹未尽地返回。望着远去的河水，远去的石板路，远去的乌篷船，我们眼前好像出现了鲁迅先生的身影。他从百草园走来，从三味书屋走来，从绍兴水乡走来，用匕首，用投枪，迎着风雨前行。整个中国乃至整个世界都响彻着他那深沉而又悲壮的呐喊。

2008 年 5 月 26 日

黄鹤楼印象

2014 年 8 月 9 日，我与友人来到了江城武汉。这里山魂水韵，景致天成。长江东去，汉水西来，百湖连珠，群山环抱，让人流连忘返。

武汉拥有华中九省通衢地理之便，黄鹤楼号称天下绝景，名贯古今。白云黄鹤，琴台知音，享誉中外。因此素有不去黄鹤楼等于没到武汉之说。据传说，此地原为辛氏开设的酒店，一道士为感谢她千杯之恩，临行时在墙壁上画了一只鹤，告知它能下来起舞助兴。从此宾客盈门，生意兴隆。过了十年，道士复来，取笛吹奏，道士跨上黄鹤直上云天。辛氏为了纪念这位帮她致富的仙翁，便在此地建楼，取名“黄鹤楼”。

以上当然是传说。建于三国时期的黄鹤楼，首先是出于军事上的需要，但是后来逐渐成为宴客会友、吟诗赏景的旅游胜地。历代诗人如崔颢、李白、白居易、贾岛、陆游等都曾先后在这里游览、吟诗、作赋。唐代诗人崔颢写下了一首千古流芳的名作：

昔人已乘黄鹤去，
此地空余黄鹤楼。
黄鹤一去不复返，
白云千载空悠悠。
晴川历历汉阳树，
芳草萋萋鹦鹉洲。
日暮乡关何处是？
烟波江上使人愁。

想象丰富，气势磅礴，情真意切，绝美好诗。后来李白也登上黄鹤楼，放眼楚天，不禁诗兴大发，正要提笔写诗时，却见崔颢的诗，自愧不如，只好说:“眼前有景道不得，崔颢题诗在上头。”崔颢题诗，李白搁笔，后人在黄鹤楼东侧，修建一亭，名曰“搁笔亭”，以志其事。此亭已成为后人燕游之所。山川人文，相互倚重，使黄鹤楼之名更加显赫。

黄鹤楼具有一千多年的历史，集中了千年古建筑艺术的精华，是中华民族的瑰宝，代表着武汉的形象，成为江城人民的骄傲。据不完全统计，黄鹤楼历代咏楼诗词千余首，楹联近千副，文赋过百篇，匾额无数，“天下江山第一楼”的美誉名副其实！

2014 年 8 月 20 日

邹平情结

庚辰三月，我到邹平县任职。随着时间的推移和工作的开展，我深深地爱上了这个山明水秀、人杰地灵、历史文化积淀深厚的宝地。尤其是县城内的小黄山，秀气而凝重，常常令我向往……

小黄山位于邹平县城东南部，它独立成景，是鲁北平原的一颗明珠。一代大儒梁漱溟先生的墓地就在这苍松翠柏之中。著名书法家赵朴初先生亲自题写了碑文，吸引了大批海内外游客前来参观，成为邹平联系外界的一大人文景观。小黄山之阳是著名的黄山广场，济青高速公路从中穿过；山阴有座纪念碑，那是邹平革命先烈的鲜血筑成的。纪念碑四周有许多小碑，每块小碑上都有一个用鲜血书写的故事，记录在这里长眠着的烈士的一生。青松挺立，碑林肃穆，每次走在这里，都会给人一种心灵的震撼，人们是永远不会忘记历史的……

在热闹的城区里，能有这么一处景观，不能不说是一个奇迹，应感谢大自然的恩赐。它创造了世界、创造了人间，还安排了这样一处胜景。冬去春来，小黄山那遍地的野花，会使看惯了温室鲜花的人敞开心扉。当你看到那片草地时，就会自然而然地陶醉于其中。路边的小花、小草沾着露水，偶尔有一两只蜻蜓停于上边，那是一幅画，更是一首诗……

近年来，县委、县政府已下决心对小黄山进行改造，在山南已建成依山傍水的黄山广场。沿石阶而上登高望远，白云悠悠，黛溪河蜿蜒如长龙，整个县城尽收眼底，令人心旷神怡。每逢节日、周末游人如织，一对对情侣在花前月下漫步，老少其乐融融。早晨起来，无论春夏秋冬，晨练的人在爬山、跑步或在广场上舞剑、打太极拳，而到了晚上华灯初放，人们从四面八方涌来跳起了老年舞，扭起了大秧歌……

小黄山作为邹平县城的一处自然景观，当然也凝聚了丰富的人文底蕴，记录着邹平前进的脚步，也回响着久远的历史回声……

我是从平原到山区工作的同志，一年多的工作和生活使我深深地爱上了邹平的一切。我的邹平情结将会越来越浓，永远留在我的心中……

邹平的明天会更好。

2001 年 12 月 26 日

我家的老屋

随着年龄的增长，面临退休，怀旧之情与日俱增。在我记忆的深处，时时出现的是童年生活的地方——山东省博兴县西谷王村，鲁北平原的一个普通的仅有七八百人的村庄。那个年代，从我家向外望去，看见的基本上是低矮的老土坯屋，一片一片，极少有烧砖砌成的青灰色房子。

我家的老屋在村子的最西南角，大门前是横贯东西和南北村庄的土路，晴天是土，雨雪天是泥，坎坷不平。大门右前方有一口水井，因水质偏咸，村民主要用其洗衣洗菜，吃水要到村东边很远的地方挑。水井的旁边是一个不大的池塘（乡亲们都称其为湾），绿柳成荫，尤其夏季雨水较多，常会传来阵阵蛙鸣。池塘成了我儿时游泳和小伙伴嬉戏的好地方。我家老屋西边有一棵茂密的国槐，每年五月花开如雪。再往西边就是一望无际的棉田，屋后是生产队的场院，每年两季的庄稼都在这里脱粒、晾晒、入仓。老屋路边的野草丛中开着淡淡的紫色小花，香味沁人心脾，空中不时有蝴蝶翩翩起舞，这一切的一切总令我沉醉。

我家的老屋是由老太爷传下来的，后经爷爷和父亲、叔叔两代人的努力，把土坯屋改造成了土坯墙瓦房。据奶奶讲，我家几辈受穷，但老屋的风水极好，有一年有一位风水老先生路过，奶奶慷慨地拿出一元钱让老先生给我家老屋看风水。这位老先生看后对奶奶说："您门前有个湾（池塘），后代人要做官，大门口一棵槐（槐树），后代人要成才。"奶奶高兴地逢人就讲，尽管有迷信色彩，但应验了这一点。从这老屋走出的我们兄弟八人都在各自的岗位上各有建树。

我家的老屋

我家的老屋平凡简陋，并非美如天堂，但我在这里却度过了温馨的童年时光，度过了昂扬的青年时代，直至参加工作、结婚生子才离开这里。这里充满了温馨、幸福，蕴藏着许多故事，因为这里居住过爱我的先辈，这里有他们深爱的每一寸土地。

我们的国家日新月异，变化惊人。现在我村具有现代化造型和气息的新居已经建起，在阳光的照耀下显得分外夺目，但是年代久远的老屋风情依旧。如今老屋拆了砖和瓦，拆了梁和墙，却永远拆不了我深深的思念，拆不了我对它终生的爱恋。现实的老屋不在了，心中的老屋永存。随着韶华流逝，我家老屋的一切在心中越来越温馨动人。

2015 年 10 月 8 日

童年的记忆

童年，是人生最美好的时期，最难忘的时期，也是对人生影响极为深远的时期。我的童年很平凡，我的故乡很平淡，但它们给我留下了难以忘怀的记忆，给了我许多纯真而美好的东西，这些年来身边时常拂过童年的风，眼前时常飘过故乡的云……

童年的苦，童年的甜，童年的风雨，童年的炊烟……童年的一切，都是美好的。

我的家乡地处黄河下游南岸的山东省博兴县西谷王村，童年时期的家乡是最典型的鲁北农村，主产小麦、玉米、大豆、高粱、谷子及棉花，风调雨顺的好年景即可温饱，少有殷实小康之家。我的家乡民风淳朴，趋于保守，乡亲们虽少知诗书，却极重圣人之道，人们勤劳善良，讲伦理，重纲常，敬老爱幼成风，以扶危助贫为荣，但多数安于现状，老年妇女多爱烧香拜佛，敬奉鬼神。

我家世代为农，老太爷魏友臣算是个开明人士，民国初年曾带我爷爷兄弟三人闯关东，至今我家还有 30 多口人定居于吉林省九台市放牛沟村。

我爷爷魏恩普忠厚老实，不善言语，但以信义待人，以诚实处世，没上过一天学，却自学成才，上知天文，下晓地理，是三里五村有名的“土秀才”。碰上婚丧嫁娶、红白喜事，大家都得请爷爷帮忙。爷爷的书法功力颇深，对我影响很大，他是我书法的启蒙老师。

一张家庭照片

父亲魏立身，1945 年刚满 15 岁就在本村任儿童团团长，16 岁任民兵队儿童团团长，站岗放哨保卫家乡，1946 年参军入伍，任博兴县公安局技术侦查员、博兴县公安局副局长等职，在公安战线工作了 43 年。多次被评为先进工作者、破案能手，1989 年被公安部授予“人民卫士”奖章并记大功。

母亲初金香，一生平凡而伟大，因父亲长期在外工作，她任劳任怨、无怨无悔，虽不识字却撑起我们整个家。母亲一生勤劳、节俭、为人和善，乡亲们对她的评价非常高。

母亲是我的启蒙老师，在我的记忆中，母亲最早教我哼的儿歌是“小老鼠，上灯台，偷油吃，下不来”，“老猫老猫，上树摘桃，听见狗咬，下来就跑，拾了件棉袄”。稍大点以后，母亲开始教我哼唱一些农谚，其中印象最深的是“东虹风，西虹雨，南虹出来摸鲤鱼，北虹出来卖儿女”。虹（jiàng），家乡方言即彩虹。那意思是东虹预示会刮风，西虹预示要下雨，南虹预示要下涝雨，北虹预示要发生大的自然灾害。就这样，我们这些农家弟子从小就受到节令、物候、天气等农业相关知识的熏陶。母亲的感情是朴实的，她对我的期望也是深厚的。

从 1956 年出生到 1976 年参加工作，我在故乡的土地上生活了 20 年。这 20 年，从童年到少年，再到青年，是人生最美好的时光，当然也是我最难忘的岁月。我经历了风风雨雨，吃了很多苦头。虽然对于很多事，不甚懂得其中的事理，却也尝到了风风雨雨的滋味。我从 4 岁起就跟着母亲要饭，上小学放学后，就要拾柴火，挖野菜，初中时就到生产队参加劳动挣工分，上高中后晚上业余时间给生产队社员记工分。但我的故乡，我的父老乡亲，却给了我一个难忘的童年时代，给予了我一颗善良、诚实、乐观、不怕吃苦、充满希望的心。我参加工作后时常回忆起那个困苦而又充满希望的年代，时常回忆起那苦中带甜的苦苦菜……

2014 年 11 月 8 日

故乡的往事

布　鞋

在我记忆的深处，始终有一个解不开的情结，那就是布鞋。尤其是夜深人静的时候，我常常会不由自主地想起布鞋。伴随着一种温暖的感觉，一些青少年时期的经历便清晰地浮现在眼前……

儿时，我非常喜欢看母亲做布鞋，一盏煤油灯下，母亲坐在土炕上，一手执鞋一手握着锥子和针线，纳鞋时发出的“吱啦吱啦”的声音，仿佛是低吟的儿歌，是那样悦耳动听。母亲侧身在黄昏的灯影里，身体随做鞋的动作而微微晃动，脸上闪耀着温柔慈爱的光泽，看母亲做鞋，我真的觉得异常幸福和温馨。对布鞋的情感，也许是从那时候悄悄萌生的吧。

在我小时候，父亲长期在外工作，顾不上家，家境不太好，因此我是全靠穿母亲做的布鞋长大的。其实那个时候农村的孩子都一样，谁家都没有闲钱买商品鞋之类的奢侈品，没有布鞋，就只好赤脚。为了使布鞋穿得久一些，还特意花钱让鞋匠在布鞋底上钉上胶皮，让布鞋不容易磨损。下雨天，我的很多同学一出家门，便将布鞋脱下来，光着脚丫走路上学，进了教室再穿脚上，谁也舍不得心爱的布鞋沾上一星半点的泥浆。

到了寒冬腊月，天气一天比一天冷，布鞋简直就成了命根子，常言说“寒从脚上生”，人们宁愿少穿件衣服，也不能让脚上没鞋穿，因此无论多穷苦的人家，也会千方百计地做棉布鞋，把棉布鞋做得厚厚实实，暖暖和和的。我清楚地记得有一年冬天，那时正上小学，我和几个同学在学校教室里生的火炉旁玩火，不小心将母亲刚做好不久的棉布鞋烧出了一个洞，我躲躲闪闪地回到家，还是被母亲发现了。母亲什么也没说，只是连夜又给我做了一双新棉布鞋。第二天早晨，当母亲亲手把新棉布鞋穿到我脚上时，我发现母亲的眼睛都熬出了血丝。顿时，泪水涌满了我的眼眶……

在我的老家，还有一个不成文的风俗。小伙子找对象，首先要看姑娘做的布鞋是否耐穿、漂亮，姑娘给小伙子送一双布鞋，是最好的见面礼。随着社会生活水平的提高，现在农村几乎没有做布鞋穿的了。然而每当我看到布鞋，眼前便出现故乡的人和事，心底泛起浓浓的思乡情，深切感受到生活的温暖和人生的意义。

染　布

20 世纪 70 年代，我刚上小学，那是个物质匮乏的时代。人们还没有彻底解决温饱问题，吃、穿都非常紧张。一年到头，难得有身好衣服穿，不说大家口袋里没钱，即便是有钱，那时候的布也是凭布票供应，不是想买就能买得到的。在农村，每到过年的时候，父母会千方百计地请裁缝或自己给孩子们做一身新衣服，而他们却总是穿着褪色、老旧甚至打着补丁的衣裳。为了省钱，大多数人家都是买回白布或用自己纺织的土白布染上颜色，才做成衣服穿上身的。在我的记忆中，初中毕业前，我穿的衣服几乎是母亲纺织的土白布染成蓝色后做成的。这样，便不时有染布匠的身影活跃于乡街村巷。

染布匠一来，整个村庄的宁静被打破了，大叔大婶们从四面八方赶来，把要染的衣服交给染布匠。在晒场上架锅，生火，待锅里的水烧开了，便倒入适量的颜料，搅拌均匀后，将衣服一件一件地往里扔，等到捞上来的时候，所有的衣服便染上了崭新的颜色，即便是穿了几年的旧衣服看上去也是焕然一新。等晾干后，就可以穿着它出门走亲戚了。这对做不起新衣服的人家来说，的确是件高兴的事。

那时候，染布的颜色极其单调，只有蓝色、黑色两种，而且容易掉色。于是一件衣服穿几年下来，要反复染几次颜色，实在是无奈之举。有时刚穿上染过的衣服遇上大雨，或者干活时汗流浃背，人被衣服染得面目全非，令人哭笑不得。改革的春风吹遍祖国大地，人们再也不用染衣服了，染布匠也消失得无影无踪。无论是城市还是乡村，你都会发现五彩缤纷的世界早已将贫困甩得远远的，一去不复返了。

“染布嘞，染布嘞……”如今，这只是乡村文化的回忆罢了。

2000 年 10 月 8 日

爷爷

——我的书法启蒙老师

光阴荏苒，岁月如梭，弹指一挥间，我学书法已有十几个年头了，然而蜻蜓点水，成效不大。我的爷爷是我学书法的启蒙老师，清楚地记得孩提时代，由于家庭贫困，为了节约，爷爷在地上用沙土做了一个沙盘，让我在沙盘上用木棍练习写字，写完了用木板刮平，再继续写。这样写了一段时间，爷爷又用废旧的烟卷盒，破毛边纸，亲自打上格子让我练习，再后来他又亲自在白纸上写字，让我临摹。为了练习我的执笔方法，爷爷还时不时地借用传说中的古老办法，悄悄地在我身后将毛笔猛地一提，授以执笔悬腕之法，要求指实掌虚，肘起腕平，我最早知道的书法技巧也是爷爷讲给我的，譬如“颜筋柳骨”“点如桃，捺如刀”“轻磨墨，重搭笔”“横平竖直”“字是黑狗，越描越丑”等。我学书法若有了长进，最高兴的当然是爷爷，在学书法的过程中，爷爷为我倾注了大量的心血，每当我写字时，他都在身边陪伴，指出缺点。爷爷不仅教我书法，还教我如何做人，他经常讲，学书法要先做人，要诚实忠厚，写字要耐得住寂寞，不能浮躁，做事要一丝不苟等，这些都让我工作后受益匪浅。

爷爷生于清朝末年，名恩普，字济生，排行老二，村上的人都称他为魏二大爷，虽然没上过一天学，但凭着自己勤奋好学的毅力，上知天文，下晓地理。空余时间读书写字是他一生的爱好，因为从小接受他的指导，我自小学一年级至五年级一直跟着爷爷睡，我对爷爷的感情特别深。在我的记忆里，爷爷高高的个子，长方脸，留着山羊胡须，眼睛虽小但炯炯有神，办起事来干练利索，令人佩服。爷爷写一手漂亮的柳体字，他常对我说：“学书法必须先从楷书入手，而且学书法要力避僵硬与死板，要在法的基础上把字写活。”爷爷在我博兴老家方圆几十里内都小有名气，不少人都称他“秀才书法家”，谁家若有个婚丧嫁娶之类的事情，总会请他去撰写对联，抄写文书，尤其是春节临近时，求他写对联的乡亲们更是络绎不绝，当然也收到了满载亲情的礼品，他的这份待遇总让年幼的我羡慕不已，所以我学习书法也特别卖力。

逝者如斯夫，转眼间爷爷谢世已经30多年了，我也不知不觉地步入了不惑之年。每当我学习书法时，总会想起爷爷，想起他当初教我书法时的诸多情景，而我内心深处总是充满了悔愧。一是当初学书法时年纪尚小，学习书法的目的不够正确，虽然很卖力，但总是不够专注，一曝十寒；二是我竟然连一幅爷爷的“墨宝”都没保存下来，所以如今只能空怀念，无法睹物思人；三是我天生笨拙，在书法艺术这片海洋里十几年来，总像一叶没有航标的“小舟”漂来荡去，虽然近几年有一点点进步，作品也不断获奖，但总觉得自己的水平，离成功的彼岸还很远很远。不过好在我一直没有放弃过，一直在努力着，这应该也算是我对爷爷的一份比较好的告慰和怀念吧！

2008年2月18日

人到中年

人生一世，草木一秋，逝者如斯夫。大千世界，红尘滚滚，真是人生苦短，光溜溜地来到人间，转眼已经到了中年。

身体不可抗拒地衰老——你烦。曾经生龙活虎，青丝又浓又密，如今刺眼的白发已在头顶安营扎寨，时常职业病缠身，深深的皱纹已爬上眉梢……

角色频频地转换——你恼。生活中你是儿子，是父亲，是丈夫，是亲戚，是同事，是朋友，还可能是某个单位的领导。一年365天，你小心翼翼地生活，如履薄冰，扮演着各种各样的角色，也没有导演，全得靠自己去体会和把握……

工作的劳累，人际关系的复杂——你苦不堪言。工作上你必须有作为才能有地位，否则无从谈起，人际关系上有时你得糊涂，有时你要严厉，在纷繁复杂的生活中说出来的每句话都得字斟句酌，有时你不高兴却要表现得快乐，心情烦躁却要表现得平平静静，没有少年时代的天真烂漫，直率活泼，也没有青年时代的血气方刚，指点江山的冲天豪气，只有任烦恼在心里流淌，靠理智与毅力让它自生自灭，慢慢消亡……

人到中年，活了几乎半辈子，工作上不能有一点闪失，从决策到实施，从监督到完成，每一个细小的环节，你都得考虑。最难处的是人与人之间的关系，什么时候该说话，不该说话，以及该说什么，语气与遣词，分寸和场所都得有所顾忌和讲究，上上下下，方方面面你都得打理得井井有条。待工作上一切安顿妥当，家里一摊子大大小小的事情又在等你决策点头。老父身体欠佳，老母年迈，时时令你揪心；儿子尚且年幼，你得时常照看；妻子善良胆小，你得时常护着。喜怒哀乐对你来说都是心湖里一层小小的水花……

到了中年，青年人与你没有共同语言，老年人暂时与你缺乏合适的话题，而同龄人就如一台封闭的机器，你的苦恼无处诉说，也不能倾诉。许多看不惯的现象，更不能发牢骚说怪话，生活的重负和在外面受的委屈不能回家向老婆诉苦，因为你是家里的顶梁柱，你得将一切扛着、撑着……

面对这些大大小小的烦恼，你可能身心疲惫，你也知道中年只是岁月长河中短暂的一瞬。烦也好，恼也好，都只是你独特的生命体验。常言道，世上没有迈不过的坎，过不去的河，蹚过这条河，跨过这道坎，将是另外一重天地。尽管你不富有，也照样活得充实，活得有滋有味……

2002 年 7 月 10 日

写于邹平黄山脚下宿舍内

章丘杂感

甲申仲夏，老父患眼疾在章丘市明水就医，为尽孝之责，吾在陪床，小隙之机，翻阅了章丘市志，浏览了章丘市貌和少许名胜，感慨颇多……

章丘市邻近省会济南，胶济铁路横贯东西，章莱、德徐公路纵贯南北，“盖青济之喉襟，登泰莱之要冲”。前控群山，有齐长城蜿蜒其界为屏障；后揽河泽，扼滔滔黄河之天险，素为战略要地。市驻地明水，群泉汇集。百脉泉为绣江之源，“百脉沸腾状若贯珠，历落可数”，有“小泉城”之称。

山清水秀，风光宜人，长城岭、长白山等环抱南北，绣江河、小清河蜿蜒曲回，南部群峰连绵，中部地势平坦，“东揽会仙之巍峰，北枕女郎之秀”，美丽而富饶，尤其绣江两岸，夏秋季节，荷艳稻香，柳拂溪桥，景似江南，往来“如入画图矣”。

章丘历史悠久，名胜古迹较多，城子崖古址为“龙山文化”发祥地；汉平陵城古址，城垣今犹存；齐长城穿越县境 42 公里；元赵八洞石刻造像，形态各异，栩栩如生；历史上的章丘八大景，触动文人墨客写下了不少优美的诗篇。还有兴国寺、平陵王墓、董东遗址、乐盘故城遗址、亭山遗址、清平军遗址及古冶铁遗址等，不仅反映了章丘历史发展的轨迹，而且闪耀着中华民族古代文化的灿烂光辉。

章丘人杰地灵，历代人才辈出，先秦有阴阳派代表人物、知名思想家邹衍，唐代房玄龄参政多谋，为一代著名的政治家，宋代有文学家李格非与女词人李清照，元代有著名散曲家刘敏，明代戏剧家李开先为“嘉靖八才子”之一，清代马国翰有《玉函山房辑佚书》存世。近代有著名商人孟洛川，曾是庆祥、瑞蚨祥掌门人。

李清照号易安居士，章丘明水镇人，是南宋著名的女词人，出身官宦世家。其父李格非，熙宁九年中了进士，是一位闻名齐鲁的学者。他曾在元祐年“以文章受知于苏轼”，与廖正一、李禧、董荣并称“苏门后四学士”。他为人正直，为官清廉。李清照的母亲王氏，生长在以诗书传家的仕宦门第，“工词翰”，“亦善文”。

在这个素有教养的家庭里，李清照耳濡目染，养成了优良的品性，特别是李格非刚直的性格，爱国的热忱，孜孜以求的治学精神，以及在文学理论批评上的真知灼见，深刻地影响了李清照，为其成为著名的词人奠定了基础。李清照的丈夫赵明诚好文学，自幼酷爱金石书画，他在《金石录》自序中曾自述：“余自少小喜从当世学士大夫访问前代金石刻词。”李清照与赵明诚言谈融洽，诗歌互答，志趣相投，结成了学者夫妇，自然感情很深，无奈赵明诚早逝，撇下李清照孤零零一个人。

南宋绍兴二年，李清照年近五十，孤单一人，晚景凄凉。在这种情形下，她想过几年安稳实在的日子，于是接受了张汝舟的求婚，并与其组成了家庭。李清照知道自己的再婚会受到上上下下很多人的指责，当时很有见识的文人学者对她再婚的评论是“传者无不笑之”，可李清照毅然决然地嫁给了这个颇善伪饰的张汝舟。但这种破釜沉舟的勇敢做法，并未给她带来好运。后夫张汝舟在骗到女词人的金石文物后，对她拳脚相加，百般虐待。

李清照毕竟是女强人，在这种情况下，没有选择一味忍受或与小人同归于尽的愚蠢做法。她拿起法律武器捍卫自己的尊严，保护自己的生命。她懂得生命只有一次，懂得善良高雅不应该在凶恶蛮横前自甘灭亡，因而不顾一切地在再婚不满百日的情形下向官府提出诉讼，要求解除婚姻；同时向官府检举了张汝舟的违法罪行。

宋朝法律规定，妻子上告丈夫，即便丈夫有罪，妻子也要被判两年徒刑。李清照宁肯被官府关押，宁肯在公堂上与小人对质，丢尽脸面，也要离婚。王灼《碧鸡漫志》中就记载了李清照离婚的情况。张汝舟被问罪，李清照也被关押，可婚离成了。从李清照的作品《声声慢》中也可以理解她晚年剧烈的心理挣扎：

寻寻觅觅，冷冷清清，凄凄惨惨戚戚。
乍暖还寒时候，最难将息。
三杯两盏淡酒，怎敌他、晚来风急？
雁过也，正伤心，却是旧时相识。
满地黄花堆积。憔悴损，如今有谁堪摘？
守着窗儿，独自怎生得黑？
梧桐更兼细雨，到黄昏、点点滴滴。
这次第，怎一个愁字了得！

李清照生活在十分封建的南宋时期，却能拿起法律武器维护自己的尊严，宁为玉碎，不为瓦全，实为真正的女中豪杰！

2004 年 6 月 16 日
于章丘明水眼科医院

缘 分

古人云，天下大势，分久必合，合久必分。人和人的聚散，像天上的云，像水中的浮萍，时而聚合，时而分离，聚聚合合是自然规律。绝大部分人知道个人的渺小，命运无法由自己掌控，遂而一切听天由命，于是“随缘”。我始终坚信经过努力和奋斗，命运是可以改变的。

“随缘”，凡事不强求。把人的聚散一场全说成一种缘分，到底什么是缘分呢？问到后来仍然是一片茫然。

年轻的时候追求，年老的时候逃避。人的一生最初是凡事好奇，渴望认识新朋友，接触新环境。就车站发出的各班列车而言，你买了票，上了车，希望它带你到一个城市，或者一个乡村，在起点和终点之间，你认识了一些人，由聚而散，最后总要分离。天下没有不散的筵席。比较悲哀的是，原先想进去的小团体，接纳了你，你也成为小团体的一员，到后来你却觉得无趣而自动逃离，如此周而复始——参加团体，又脱离团体。和朋友亲近，又和朋友疏远。从希望开始到失望结束，在聚聚散散之间，最后剩下的是一颗苍老、寂寞而又孤独的心。

人为什么会对别人失望，或者别人为什么会对自己失望？你可以说是因为误解，但有时更因为是了解。因误解而结合，因了解而分开，人和人之间的聚散总有一方故意，一方无意，在故意和无意之间，就像天空飘起的两片云，或许还会相遇，但心境早已不同，有时再相逢形同陌路，真的是相见不如不见。

聚散的故事，说不完，有时散而依依，有时相互躲避，唯恐狭路相见，真是早知今日，何必当初。

聚是欢乐，散是苍凉，但友情和爱情走到后来，有人便是宁选苍凉而舍去欢乐，必有其锥心之痛。

人的一生，无非是聚散一场，就像一部电影一出戏，一旦开始总会结束，一堆朋友，无论七位，八位，九位……今天聚，明天散，聚到后来仿佛彼此的欢笑声还在回荡，但仔细回想，甲到了天堂，乙在某城，丙正和病魔抗争，丁失踪不明，戊因财务有了问题逃之夭夭……原来人人多有困境，家家都有一本难念的经。少年时的朋友星散各地，全失去了音信，也有的明知道在何处，却彼此装作不知道，你不找我，我也不找你，所谓老死不相往来，这是朋友之间的另一种散。

只能说是缘起缘灭，聚是缘起，散是缘灭。茫茫人海，你我相遇，善缘、恶缘、孽缘……最后都像云海里的雾气飞散而去，而宇宙大地，山还是山，水还是水。我坚信；为人随缘随分，处世尽力尽心。

2004年4月6日

面对书架

双休日，独居一室，清茶一杯。面对那一本紧挨一本的书，工作的疲劳与烦恼化为乌有。心儿仿佛进入了一个宁静的世界，显得那么开阔、安详和自由。那无言的书宛如一个有声有色的人生舞台，交织成风雨雷电，悲欢离合。读之如茅塞顿开，滋生出万般感受……

每一本书都有个精彩的故事，鲁迅，他从百草园走来，从三味书屋走来，从绍兴水乡走来，用匕首，用投枪向着风雨冲杀过去。整个中国以至整个世界都响彻着他那深沉而又悲壮的呐喊。鲁滨孙的漂流，基督山的恩仇，堂吉诃德的可笑，保尔的追求，每一本书都写着一个大大的“人”字。安娜的困惑，娜拉的出走，苔丝的叹息……静对书架，可以品味经历的人生磨难，世道的刚柔，可以探寻人生的选择、悲剧的缘由。

一本书就是一种风格。司马迁秉笔直书，曹子建七步成诗，韩昌黎被贬到潮州，苏东坡漂泊至海南饮苦酒，王实甫作《西厢记》叹息有情人，冯梦龙写“三言”名声入欧洲。那一本挨一本的书如艺术长廊，多姿多彩，美不胜收。

世道总有坎坷，人生难免悲欢，读书让你排遣失意的消沉，挫折的纷扰，让你看到黎明的曙光，来年的丰收，时光终将流逝，白发终上额头。读书让你回味青春的欢乐，人间的风流，让你珍惜生命的意义，思及壮志未酬。

静对书架，可以反思自己的无知、浅薄、愚蠢和丑陋。让你明白生活的离奇、神秘、幽雅和温馨。

静对书架，如饮美酒，如上高楼。静心读书，乐在其中，长期坚持，受益无穷。

1998 年 7 月 16 日

书籍，是人类最好的朋友

啊，亲爱的朋友，你热爱读书吗？

书籍是人类进步的阶梯！书籍是知识大海的航船！书籍是人类最好的朋友！书籍是生活的忠实伴侣！它不仅给你知识与才能，你遭遇不幸时它给你安慰，你遭受挫折时，它给你勇气与毅力，在成功时，书籍会提醒你谦逊与自重。好的书籍如同清泉，滋润着你的心灵，浇灌成苍翠蓊郁的人生大树。

今天的现代文明，是我们前人世世代代知识和经验的结晶，要想提高自己，要想享有它，只有读书。其他获得知识的方法都不能代替它。书籍，是我们最好的生活伴侣。

人们应该钟爱书籍，因为书籍是最好的朋友。实践反复证明，书籍比起人类其他文明来，更加灿烂夺目。它凝聚了作者的智慧精华。对一个人来说，生命是有限的，精力也是有限的，不可能亲自去经历各种大大小小的事情。而读书，就成了你认识自然，认识社会，认识生活，认识人生的捷径。

读书是美丽的。因为在书籍中，可以寻觅到无垠的阳光地带，可以采撷到美丽的花朵，可以观赏溪水的潺湲与高山的险峻，可以聆听绕梁三日的音乐，可以领略情愫满溢的画卷，可以窥见自己的渺小与崇高……

假如人生失去了这种美丽，就会黯然失色了。

书籍是阳光，书籍是精神食粮，书籍是全人类的营养品，书籍是智慧的金钥匙，是人类最好的朋友。朋友，读书吧，让书籍补充我们自身所需要的东西。静心读书，乐在其中，长期坚持，受益无穷。

2001 年 7 月 11 日

（原载于《博兴报》，有改动）

英雄事迹鼓舞我们前进

几个月来，孔繁森同志的感人事迹在博兴大地广为流传。作为一名援藏干部，孔繁森同志抛家舍子，两次进藏，与藏族同胞一道艰苦创业，锐意进取，为发展西藏地区的经济和各项事业贡献出自己的一切，表现出共产党员全心全意为人民服务的高尚情操和博大胸怀。孔繁森同志是齐鲁儿女的优秀代表，是党的好干部，是广大党员干部学习的好榜样。

学习孔繁森同志，就要像他那样树立高度自觉的党性和党的组织观念，在政治上、思想上始终与党中央保持高度一致。县委办公室是协助县委和县委领导工作的部门，处于中心地位，虽然同志之间工作有分工，有合作，但都是为了提供服务这一最终目的。因此，县委办公室的工作人员要像孔繁森同志那样，都应树立全局观念，把组织安排看作自己的志愿，在处理日常工作时，宁可舍弃自己的个人利益，也要维护整体利益，并通过协调有关部门工作，把党的路线、方针、政策把握准，落实好，保证党中央的决策顺利传达到基层。

学习孔繁森同志，就要像他那样关心群众生活，做好群众工作。群众是真正的英雄，是历史的创造者和主体。因此，作为办公室的领导同志，就要像孔繁森同志那样，时刻关心群众的冷暖。哪里需要我们，我们就应该出现在哪里。特别是那些条件差、工作艰苦、情况复杂、尚未脱贫的边远农村，我们需要和有关单位多跑几趟，与当地干部群众一道转变观念，鼓足干劲，分析原因，把握优势，找到一条真正切合本地实际的致富之路。对那些效益较差、职工报酬低、生活无保障的企业，找准症结，探索企业改革的新路子，同时采取措施稳定职工情绪，教育干部职工团结一心，克服困难，共渡难关，誓与企业共兴衰，使企业尽快步入正轨。通过我们一系列实实在在的工作，把党和政府的关怀送到群众的心坎上，做合格的人民公仆。

学习孔繁森同志，就要像他那样树立高度自觉的宗旨观念，全心全意为人民服务。作为机关干部，我们始终要把全心全意为人民服务作为一切行动的出发点和归宿。虽然我县各方面条件与西藏相比是好一些，但孔繁森同志“特别能吃苦、特别能战斗、特别能奉献、特别能忍受”的老西藏精神，同样也可以借鉴到我们的工作中来。为了摸透下情，为领导决策提供依据，我们要挤出时间，到基层、到群众中把群众反映的热点、难点搜集上来，把群众的所思、所想、所感反映给领导，供决策参考。只有这样才能密切党群干群关系，化解矛盾，把群众的积极性、创造性聚焦于建立社会主义市场经济的伟大事业上来。

学习孔繁森同志，就要像他那样发扬无私奉献的精神。孔繁森同志把自己的一切毫无保留地奉献给党和人民的事业，自己拥有的仅是美好的理想，坚定的信念，高尚的情操和伟大的人格。学习孔繁森同志，就要像他那样树立正确的世界观、人生观和价值观，摒弃一切名利思想和私心杂念，不被位子、房子、孩子、票子、车子所累。清正廉洁，光明磊落，为党的事业鞠躬尽瘁，忘我工作。我们所处的环境、条件都要比孔繁森同志优越。因此更要立足岗位学先进，勤政为民做贡献，转变职能，转变作风，培养服务意识和公仆意识，坚持说实话，办实事，以实际行动迎接县第八次党代会的召开。

虽然孔繁森同志已经离我们远去了，但他的光辉事迹将永远鼓舞我们向前进。在建立社会主义市场经济体制的新形势下，作为党员干部要以孔繁森同志为榜样，廉洁自律，立党为公，从自身做起，从现在做起，从小事做起，把自己的聪明才智和青春年华融进建设社会主义市场经济的宏伟事业中来，为推动全县改革开放和两个文明建设做出应有贡献。

1995年5月13日

（原载于《大众日报》，有改动）

我与郭连贻先生的忘年交

2001年3月，组织决定让我到中共邹平县委任副书记、纪委书记。我交接好在博兴县委的工作后，立即赴邹平县委报到。

博兴县委为我举办了简朴而隆重的送行仪式，离开工作20多年的故乡，确实十分留恋。博兴是生我养我的地方，这里生活着我的亲戚、朋友、同学、同事和我的父老乡亲。到邹平后，县委书记刘士合在其家中设宴为我和一块儿报到的组织部长杨万邦接风。着手工作后，县委决定让我分管纪检、宣传、精神文明等工作。

邹平县山清水秀，人杰地灵，自古人文景观丰富。秦汉之际，伏生藏《尚书》，隋末王薄在长白山首举义旗，名闻天下。晚唐段成式撰书《酉阳杂俎》，五代田敏校刊雕印经书，播芳四海。宋代范仲淹，青少年在长白山苦读成才，成为“先忧后乐”的一代名相，致使邹平声名倍增。明清以来，文人骚客纷纷雅集于此，吊古抒怀，题咏山水，酬答唱和，蔚然成风。我作为一名分管全县文化的副书记，如何挖掘、继承、发扬邹平的历史文化，倍感责任重大。在处理好日常工作的情况下，我确定从了解和掌握邹平文化的现状入手，推动全县文化事业的发展。县委宣传部长王瑜向我介绍，在邹平的文化名人中，东部长山有省文史馆员宋勉芝先生，西部有碑楼村的郭连贻先生，他们的人格魅力和深厚的文化功底影响了许多人。我首先拜访了宋勉芝先生，然后来到碑楼村漏月轩拜访了郭连贻先生。

郭连贻先生早年受传统教育，习读古文辞章，成人后，曾业余从金陵大学吴晋民先生读《左氏春秋》，从衡阳王大管先生学宋词，在史学和诗文方面造诣很深。回乡后，在教学与农工之余，潜心研究古文，注重地方文献典籍。参加邹平县志编修后，研读古籍，参订详考，县志所涉历史沿革，古代人物传记，风俗、方言、宗教等重点篇章，皆出自他手。他丰富的学识，严谨的治学态度，受到了各界的一致好评。他还先后撰写了《邹平历代诗选》《萧亭诗选》《邹平诗苑溯古》《范仲淹流寓考》《段成式乡贯应从邹平说》《朴学大师成瓘》等著作。十年修志，郭连贻先生从天命走到了花甲，《邹平县志》倾注了他的全部心血。十年磨一剑，他最好的年华在撰书中度过。家庭亲人的不幸离世，精神支柱的瞬间崩塌，没有把他压垮。新编《邹平县志》出版后，郭连贻先生从县史志办回到家中，便潜心研究书法，游刃于笔端，栖息于草庐竹林之下，寄情于田野山水之间，把书法作为人生的追求，广采众家之长，他遍临“二王”、赵孟頫、颜真卿、虞世南、李邕、米芾诸家书帖，又受质朴美审美理想的支配，从北碑中汲取营养，以碑壮其骨，以帖深其韵。因此他的书法呈现出苍拙浑朴、雄秀典雅的风貌，其高古超迈的艺术品质十分难得，随着书法功底的日渐厚重，艺术成就也如日中天。郭连贻先生先后成为山东省书法家协会会员、山东省文史馆员、中国书法家协会会员。山东省文联授予其书法艺术终生成就奖。《中国书法》杂志、《书法导报》等报刊做了专门介绍，郭连贻先生的书法真正走出了邹平，走出了滨州，走向了全国，受到了各界的高度评价。

初见郭连贻先生，清瘦的脸上戴着一副眼镜，一身干净朴素的衣衫。仙风道骨，儒雅淳朴之气扑面而来。饱经风霜的额头上皱纹深深，一看就是个满腹诗书的学者。友人向郭连贻先生介绍并讲明了来意，郭老非常高兴。我们谈邹平的历史、文化和现状，尤其是如何挖掘、发扬邹平文化，谈得十分投机。先生才高气清，和蔼可亲，他的博学和谦逊让我对他一见如故，相见恨晚。这次相见开始了我与先生 16 年的忘年交。

郭连贻先生生于1930年5月，与我父亲同龄，比我长26岁，自然是长辈了。但是由于我们相交日久，无话不谈，又加上书法的特殊情结，他从不以长辈自居，始终把我当作小弟，我始终把他当作老师，因此我们更是一种忘年的亦师亦友的关系。

2001年4月，初春的寒风依然陡峭，早晨天刚放亮，在邹平县委单身宿舍的我刚起床，隔壁的同事敲门告诉我有一位老人在楼下找我。我下楼后一看是郭连贻先生，请人用三轮车拉着一幅装裱好的字来送给我，并对我说：“你是县委书记，这幅字非常适合你。”我细看是郭老师写的《官箴》：“吏不畏吾严而畏吾廉。民不服吾能而服吾公。廉则吏不敢慢，公则民不敢欺。公生明，廉生威。”苍劲有力的大字和脱俗的内容让我喜出望外，对郭老更生敬意。我将其字一直挂在办公室，作为座右铭，离开邹平到滨城工作后，又将其字挂在办公室直至退休。

我任书协主席后，我与郭连贻先生接触的机会自然多了起来。郭老处处为书协出谋策划，办培训班从儿童开始，抓组织建设从基层抓起。在其带领下，邹平的书法队伍规模、书法水平均走到了全市的前列，被中国书协命名为“书法之乡”。

我兼任邹平县旅游开发领导小组组长后，郭老成了编外的顾问。唐李庵景区、醴泉寺景区的设计开发、建设，鹤伴山景区的升级改造，都倾注了郭连贻先生的心血，撰写了山门和大殿的对联。尤其是唐李庵专门开辟了郭连贻、宋勉芝两位先生的书法展览，为邹平的文化建设留下了无比珍贵的精神食粮。

2002 年 5 月，我的儿子魏飞在青岛读书，利用假期举办画展，向父老乡亲汇报。郭连贻先生知道消息后，不顾年迈从邹平打车到博兴参加魏飞的画展，并题字留念。年底上级组织突然决定让我到滨城任职，由于感到突然，我内心想不通，郭连贻先生知道后，立即给我打电话说“情况已知，请立即报到，你在邹平工作时间不长，却干了许多大事，邹平人民不会忘记你”，给了我莫大的安慰和鼓励。到滨城工作后，郭连贻先生几次到博兴、滨城看望我，并先后把几本写好的册页送给我珍藏。郭连贻先生是第七届、第八届市政协委员，每年例会到滨州，都主动提出到我的书房给我写下一批字。他说：“我已年迈，别的忙给你帮不上，写点字，你送人吧，也算是我对你的支持。”肺腑之言，难以言表，让我感动万分。

2003 年 10 月，郭连贻先生电话约我为其准备出版发行的《萧亭诗选》写序，这本书原作者张实居，字宾公，号萧亭，生于明末邹平，世代书香仕宦望族，清初文坛一代宗师王士禛之内兄。一生隐居不仕，潜心著述，诗作两千余首。其诗乃长白山风土人情之巨幅画卷，实为邹平文化之瑰宝，然而传世之本难觅，知之者甚少。郭连贻先生不顾年老古稀，带病精选诗集大廓，详加注释。难能可贵，精神可嘉。当时我已离开邹平到滨城工作，本想推辞，郭老再三催促说：“你虽离开邹平，但你对邹平的文化建设做出了贡献，是有目共睹的，请你写序也是让邹平人民永远记得你。”其拳拳之心可鉴，其心意感人肺腑，我只好遵命为之。

近几年随着年龄的增长，郭老的体能明显下降，他已很少外出，每逢过年过节，我都会约上书友或家人到碑楼村看望。在那个竹林绕墙、鸟语花香的小院里谈古论今，享受天伦。尤其是我和几个书友给策划的80岁生日，隆重简朴，气氛非凡，让大家共同分享了这份喜悦。

郭连贻先生患抑郁症后，我多次看望。2015年中秋节前夕，我与赵雪松、赵春和、张志彬前往他家中探望，郭老十分高兴，精神为之一振，他一再嘱托说："你文字功底很好，一定要坚持把字写下去……"我们一块合影留念后起身告辞，郭老再三挽留，送到大门口时，抓住我的手恋恋不舍不忍分离……谁知这次分别竟是永别。2016年3月16日下午，邹平书协的同志告诉我，郭连贻先生于凌晨2点去世，第二天上午9点在邹平殡仪馆举行告别仪式。噩耗传来，我万分悲痛，夜不能寐，17日早，我与赵雪松、陈杰、张志斌赶到邹平殡仪馆，给郭老作最后的送别。高风亮节，千秋示范，学富五车，一代宗师。

逝者如斯，郭连贻先生离开我们已经一年了，睹物思人，我时常怀念他。郭老高贵品质，精湛的书法艺术，给我们留下了富贵的精神财富。我们要学习并发扬光大，为中华民族文化建设贡献力量。

第二部分

诗　歌

读《雷锋的故事》有感

啊——
伟大的战士，英雄的雷锋，
您的思想比军旗更红，
您的青春比宝石晶莹，
您的意志比磐石坚硬。
您是革命生产的闯将，
您是阶级斗争的尖兵。
全心全意为人民，
把有限的生命投入到无限的为人民服务之中。
勤勤恳恳任劳任怨，
艰苦朴素克己奉公。
您是一颗闪亮的螺丝钉，
在奔驰的社会主义列车上发挥着巨大的作用。
美丽肥沃的山湖农场留下了您的脚印，
烟囱林立的鞍钢留下了您的身影。
在解放军这所大学里锻炼成长，
毛泽东思想把您哺育成英雄。
您做一颗革命螺丝钉的精神多么高尚，多么可敬！
伟大的战士，英雄的雷锋，
翻开您那辛酸的历史，
立刻呈现出一幕幕悲惨的情景。
旧社会逼得您家破人亡，威胁着您的生命，
无依无靠啊，孤苦伶仃。
您身上布满了剥削阶级的伤疤，

这是旧社会惨无人道的见证。
平地一声春雷响，
苍茫大地太阳升。
共产党的光辉哺育您成长，
毛主席使您获得新生。
您对阶级敌人刻骨仇恨，
狠狠打击绝不留情。
您对人民无限热爱，
鞠躬尽瘁毕恭毕敬。
您对革命无限忠诚，
任劳任怨忠心耿耿。
废寝忘食地工作，
不幸因公奉献出了年轻的生命。
啊——
巍巍泰山向英雄哀悼，
苍松翠柏向英雄致敬。
亿万人民引吭高歌，
颂扬您这毛泽东时代的伟大英雄。

伟大的战士，英雄的雷锋，
您那短暂的一生，
是光辉的一生，是伟大的一生。
在您那短暂的一生中，
每时每刻都为社会主义建设散发着巨大的能量。
您的一生处处闪烁着革命的光芒，
照耀着我们踏上新的征程。
毛主席的一声号召“向雷锋同志学习”，
引起了全国人民的巨大共鸣。
它似浩荡的东风，

吹遍全国大地。
它像威震天宇的雷声，
响彻祖国天空。
学习雷锋的运动啊，
举国上下一片欢腾。

伟大的战士，英雄的雷锋，
您的精神永远鼓舞着我们。
您的光辉形象永远活在我们心中，
您看——
亿万青少年在毛泽东思想的哺育下茁壮成长。
您听——
您走过的道路上传来了亿万青少年的脚步声。
我们决心像您那样，
全心全意为人民服务，甘心做人民的老黄牛。
将革命进行到底，
为解放全人类奋斗终生！

1973 年 4 月 12 日

雷 锋 颂

狂风暴雨一雄鹰，
激流险滩山石耸。
青春火花放光辉，
毕生奉献战士勇。
勤勤恳恳为人民，
艰苦朴素品质高。
困难逆境何所惧，
人称高山之青松。

1973 年 4 月 22 日

打麦场上

啊！一垛垛麦垛，
似一座座金山，
迎着太阳的光辉，
金灿灿。
抬头仰望，
垛垛顶峰挂云端，
好一派雄伟的丰收景象。
美丽家园壮景添，
机器响，
人声欢，
木叉飞舞，
铁锨腾翻。
贫农王队长，
处处干在前，
广大社员跟后边，
人欢喜，
心里甜，
生龙活虎，
热火朝天。
天上骄阳似火烧，
场上“万马战犹酣”。

脱粒机，
在飞转，

唱着丰收的凯歌，
弹着动听的琴弦。
吞进一捆捆麦子，
吐出一堆堆黄色麦泉，
辉映着天空的太阳，
似蜿蜒起伏的金山。
望着这丰收的劳动成果，
笑容露在老贫农的脸，
姑娘们的笑声那样甜。
是毛主席送来的幸福水啊，
浇得丰收的花儿红艳艳，
我们要丰收不忘国家，
为人类多做贡献，
这是农民们的心声，
也是他们的志愿。

啊！一垛垛麦垛，
似一座座金山，
抬头仰脸望，
垛垛顶峰挂云端，
白云探头望，
苍天露惊脸，
怎么以前没见过这种情景，
是不是“换了人间”？
是的，
翻身后的贫下中农，
敢教日月换新天。
贫下中农说得好，

这只是“万里长征走完的第一步”，
还得快马加鞭奔向前。

1973年6月21日

《红灯记》观后

英雄含笑赴刑场，
犹如高山苍天松。
面对刀丛不低头，
气宇轩昂贯长虹。
学习先烈洒热血，
高贵品质万古颂。
一代新人在成长，
华夏大地展新容。

1973 年 11 月 6 日

初　雪

阴云密布遮天际，
银花飘落随风舞。
沃野千里披新衣，
苍茫大地似罩幕。

太阳驱云射金光，
雪花晶莹民幸福。
金辉银光相争妍，
壮丽山河绘新图。

1974 年 1 月 20 日

春节见闻

（一）

日落西山夜幕降，
水饺欢跳鞭炮响。
欢乐村庄浮炊烟，
微风吹来晚饭香。

（二）

张灯结彩迎佳节，
万民尽乐接春回。
喜看农村新气象，
丰收果实堆成堆。

（三）

小小舞台放春晖，
欢乐笑脸喜色飞。
台下观众心里乐，
台上锣鼓响声脆。

（四）

琴声高奏丰收曲，

社员眼含幸福泪。
农村盛开文艺花，
社会主义前景美。

1974年春节

敬 献

来到陈户烈士陵园，
立在肃穆的烈士墓前。
伴随阵阵松涛低吟，
我把崇敬的心意献。
从泰山上摘来松枝柏叶，
从菏泽捧来怒放的牡丹。
和着我深切的怀念，
精心编成美丽的花环。
如今在你们流血的地方，
花儿开得更红，果儿结得更甜。
一排排油架勃然立起，
一幢幢大楼矗立云端。
喜看今天强大的祖国，
更加激起我深切的怀念。
先烈们，安息吧！
你们的远大理想，我们一定会实现。

1974 年 3 月 4 日

家乡胜利河

村后胜利河，
镜面不兴波。
旱天幸福水，
雨季排涝多。
杨柳排成阵，
粮棉堆成垛。
沃野景如画，
村民齐欢歌。

1975 年 9 月 10 日

丰收曲

红旗飞舞流云飘，
麦浪起伏扑鼻香。
公社喜开丰收镰，
男女老少心花放。
只见那——
愣小伙，犟姑娘，
打擂台上来击掌。
银发老汉磨镰刀，
要和儿孙赛一场。
八仙过海显神通，
更有新娘战新郎。
你看那——
银镰奏出新乐章，
割倒麦子遍地躺。
队长开起拖拉机，
牵着“金山”驶麦场。
顷刻“金山”化“金雨”，
金色“瀑布”从天降。
百里红旗涌金浪，
丰收粮食堆满场。
新长征中迈大步，
丰收果实献给党。

1976 年 6 月 23 日

老　村

老村西谷王，
春种秋收忙。
家家炊烟升，
劳碌爹和娘。
庄稼土地亲，
五谷甜美香。
蔬菜瓜果脆，
田园米粒仓。

1976 年 10 月 11 日

观山西霍县古楼

巍巍古楼立城头，
勋名永垂齐称颂。
精湛艺术传佳话，
劳动人民是英雄。

1978年8月14日

读陈毅诗词有感

光明磊落纸上声，
革命硬汉笔纵横。
诗文挥洒抒胸臆，
脍炙人口妙手得。

叱咤风云贼胆寒，
丹心一片为人民。
自称无产一战士，
巨影矗立我心中。

1978年9月30日

春　雷

一夜北风吹，
纷纷瑞雪飞。
三中全会开，
长征里程碑。
电波传天下，
到处绽红梅。
亿众齐欢呼，
宇宙响春雷。

1979 年 1 月 3 日

思 亲 人

新年除夕，人们欢聚一堂共度佳节。吾情不自禁，思念已去世的爷爷奶奶，感慨万分，含泪着笔。

目睹遗物心如潮，
睡梦之中影时现。
慈祥面孔脑中刻，
佳节倍引我思念。

1979 年春节

迎泽公园抒情

山西太原有名园，
满园春色照人间。
劳动人民休憩地，
碧水长空自由天。

花季少年草坪嬉，
年过花甲太极拳。
众多科学爱好者，
亭下塘边论新篇。

1979年2月6日

麻大湖风光

千顷芦苇映湖光，
荷花清新芳草香。
鸟唱蝉鸣谣曲美，
轻舟掠过笑声扬。

1980年7月14日

奋战三秋

脚踏露珠雾扑面，
龙腾虎跃写新篇。
经济规律促生产，
观念一变天地宽。
政策落实民生富，
科学种田抓在前。
“干群”绘出四化图，
汗水换来丰收年。

1980 年 9 月 19 日

引黄济青

玉练一条南北牵，
黄河飞流落九天。
人民群众丹青手，
清流写出四季篇。

1980 年 10 月 5 日

庆祝建党六十周年

英勇奋战六十年，
前赴后继写新篇。
驱散阴霾见光明，
丰功伟绩永世传。

1981 年 7 月 1 日

登岱

（一）

久欲岱宗赏壮观，
万阶石路展眼前。
琼枝玉树遍山麓，
水碧风清景无限。

（二）

今日举步登泰山，
心情激荡胸怀宽。
登高望远观世界，
水流花放道根源。

1981 年 10 月 21 日

农家女

将丰收的秋，
急匆匆填进农家小院，
阳光下抹去咸涩的汗水，
晾晒发痒的歌喉，
田野里，
泥土芬芳，
长出庄稼人的骨气，
一路乡间小道，
伴你步入科普夜校。

1981年10月30日

文明的三月

春风拂面，
细雨如酥。
啊，文明的三月，
到处荡漾的浓浓的春意。
柔风扫清了街道、小巷，
细雨洗涤了平原、山冈。
一声“对不起”，
免除了一场不必要的争执。
一声“谢谢”，
体现了兄弟姐妹般的情谊。
是谁给孤寡老人拆洗了被褥，
是谁给烈士军属耕耘了土地？
是谁在车站、码头扶老携幼？
啊，到处都是学雷锋志愿者的身影和足迹。
三月，文明的三月，
流着一条清清的小溪。
我看到——
一个古老文明的民族熠熠生辉。

1982年3月21日

村 民

四季辛劳田野中，
耕耘不避雨和风。
糙身茧手常挥汗，
五谷丰登养众生。

1982 年 10 月 23 日

天伦乐

我的父母照片

翁妪同享八十春，
儿女身边尽孝心。
数载赋闲体魄健，
含饴弄孙乐天伦。

1982年11月6日

岁末情思

（一）

新的一年就要结束，
更新的一年又将开始。
那颗心不再为一九八三年的春天，
悄悄孕育着万紫千红。

（二）

一年过去了，我在回想。
为祖国建设增添了多少分量：
或多或少，或大或小，
有没有把自己珍贵的一切献上。

（三）

回顾一年来精神振奋，
要继续奋勇向前战胜艰难险阻。
用无私奉献的勇气，
把一切献给党。

1982年12月20日

咏　春

桃红柳绿艳阳天，
鹂啭莺啼花如胭。
红蕾粉苞相继发。
牧童驱羊放田边。

1983 年 3 月 8 日

读《邓小平文选》

雄文巨著义理精，
亿万人民争相诵。
拨乱反正指航向，
治国兴邦路更明。
历史无情最公正，
邓公豪气压群英。
三起三落何所惧，
志在华夏盼振兴。

1983 年 8 月 20 日

包头情

钢花铁水铸新城，
军工企业显神通。
方兴未艾惊远客，
西市相识东市名。
千里草原飞骏马，
大青山下听晚笛。
雄浑苍劲马头琴，
沧桑巨变畅心情。

1983 年 11 月 28 日

清　荷

碧水清清浮绿叶，
亭亭玉立荷花艳。
狂风浪打腰不弯，
出污不染美名传。

1984 年 7 月 8 日

题表弟初敬业

沂蒙处处引豪情，
画笔风云日日新。
创作生涯苦中甜，
长为画苑自由人。

1984年10月11日

秋 收

秋风送爽果实丰，
平畴沃野似金铺。
农家千门忙收获，
一派生机入画图。

1985 年 10 月 5 日

丰收景

大豆实，
谷穗黄。
高粱红，
玉米龇牙笑秋风，
摇散满头缨。
粮上场，
山堆成，
村民笑盈盈，
沃野千里溢芬芳，
沽酒来庆丰。

1985年10月25日

赞红高粱

扎根沃土中，
高节上云空。
风雨生坚韧，
骄阳赋粒丰。
花开不竞群，
淡淡幽香送。
八月秋色至，
田间流火红。

1986年8月26日

水调歌头

观蒲园

适逢节假日，
携偶游蒲园。
清风吹垂柳，
鸟鸣舞翩跹。
当年垃圾场，
如今览胜地，
旧貌变新颜。
亭亭晓荷立，
情侣笑语喧。
摩天轮上青天，
尽开颜。
不觉日落，
何事兴酣夜犹缠。
欣喜明月当空，
碧波荡轻舟，
流连而忘返。
愿此景长在，
花好月儿圆。

1987年10月11日

临朐老龙湾

临朐胜境老龙湾，
竹韵泉声意天然。
风光旖旎美在水，
夕照霓霞荡胸间。

1987 年 10 月 20 日

参观临朐县山旺化石

精美化石在山旺，
飞禽走兽看得清。
草木昆虫面面见，
万卷史书化石成。

1987 年 12 月 2 日

清平乐·种树

沃野千里，
荡漾欢歌起。
铁镐银锹挥未已，
遍地杨柳杏梨。
风光喜看今朝，
栽满遍地新苗。
待到来日花放，
滨州分外妖娆。

1988 年 3 月 15 日

静思感悟

人生的足迹是抹不掉的，
因为它属于历史。
没有勤劳、智慧和失败的三合土，
怎能铺筑通向成功的路。
不要轻信奉承的甜言蜜语，
那会将你毁灭，
是不负任何责任的手段。
在人们的心里生存，
这才是最大的幸福。

1988年11月2日

写在山东政法学院毕业之际

泉城同窗终难忘，
今朝分别有离伤。
青山一道共风雨，
明月何曾是他乡。

1991 年 7 月 10 日

麻大湖赏荷

映日荷花红，
绿叶舞清风。
湖光拂翠柳，
轻舟画中行。

1992年7月5日

游微山湖

风光秀丽微山湖，
四湖汇聚成一片。
盛产鱼虾鸭鹅蛋，
万亩荷海碧连天。
当年铁道游击队，
保家卫国威名传。
黄金水道接南北，
鲁南明珠是微山。

1992年8月5日

题博兴丈八佛

佛爷凌空丈八高，
溯源北魏是国宝。
屡遭磨难今犹在，
伟岸身躯意自豪。

1993 年 5 月 2 日

西江月·忆领袖

毕生运筹帷幄，
业绩功高如天，
率领人民几十年，
华夏乾坤改变。

英明威震全球，
举国上下齐怀念，
领袖与日月同光辉，
伟业永垂史篇。

为纪念毛泽东主席诞辰一百周年而作
1994年1月1日

千佛山春光

满目青山翠，
新楼栉比汇。
蜂蝶花丛舞，
春色佛山醉。

1995 年 3 月 10 日

赞乔庄扶贫

过去一片荒碱滩，
如今水稻金闪闪。
粮丰林茂鱼米乡，
苦干实帮焕新颜。

1996 年 9 月 24 日

七月田园

千里沃野物华新，
七月田园浴良辰。
黄瓜豆角蔬篱挂，
硕李肥桃枝叶沉。
漫漫青纱摇倩影，
畦畦菜圃续芳春。
万亩棉田白浪涌，
村姑草畔歌声频。

1997 年 9 月 16 日

赞环卫工人

披星戴月上下班，
笑迎酷暑与严寒。
履冰踏雪不辞苦，
沐雨经风是常见。
妙手换来街道净，
慧心呵护草花鲜。
城市靓丽人人爱，
欢乐歌声天地间。

1998年1月3日

家乡新貌

昔日贫瘠尽受穷，
今朝村里起商城。
乡人致富齐奋进，
百年茅舍换新容。

1999 年 4 月 16 日

梨乡情

同学聚会到梨乡，
万顷梨园浮雪香。
鸟唱蜂鸣群蝶舞，
尽收眼底花海洋。
蕊吐芬芳叶滴翠，
人间仙境写华章。
未置清樽心已醉，
欲邀梨影舞成双。

1999 年 4 月 18 日

访台儿庄

古韵京杭台儿庄，
黄金水道明清栈。
商旅荟萃创大业，
繁荣富饶令人叹。

1999 年 10 月 15 日

喜读《宝东诗记》

革命生涯几十载，
勤奋敬业是表率。
夕阳笔耕撰诗文，
德如兰竹亮节在。

2000 年 12 月 1 日

静　悟

吾琴不悦耳，
能作淡泊音。
功到自然成，
吾自书吾心。

2000年10月4日

雨中登鹤伴山

(一)

细雨如丝步履轻，
欲上鹤伴山中行。
飞流瀑布花四溅，
峰峦叠嶂白云中。

(二)

绿海波涛千丈涌，
唯见游人满涧峰。
旅游开发结硕果，
大美邹平欲扬名。

2002年7月8日

无　题

你有你的心事，
我有我的苦酒。
今宵月影花下，
明朝风疏雨骤。
人生道路从来不平坦，
世上谁没有欢笑忧愁。

你有你的理想，
我有我的追求。
不仅为个人幸福，
更有为人类奋斗。
祖国期待大显身手，
无私奉献谱写春秋。

2003 年 2 月 8 日

神游喀纳斯

为窥湖景凌晨起，
山路崎岖步履辛。
秀美山川迷望眼，
萧瑟秋风逼我身。
翠霭欲滴笼碧树，
彩霞如泻映小屯。
穹帐炊烟升冉冉，
泥土芬芳马成群。
云开雾散日当午，
湖水潋滟草色新。
眼福得饱无比乐，
争相描述语纷纷。
传说此湖潜“水怪”，
能将牛羊一口吞。
今日一睹不过此，
方知传言并非真。

2004年8月26日

内蒙古草原行

（一）

白雾拂地，
碧草连天。
无垠绿浪，
唯天是岸。

（二）

轻风如梳，
旷穹如漆。
琴声弥野，
神驹离弦。

（三）

诗画江山，
美景无限。
寻觅弯弓，
遥想当年。

（四）

身外无物，
唯有尽欢。

利得功名，
从容笑谈。

（五）

神骨松弛，
通体飘然。
融入草原，
生命无限。

2004 年 10 月 8 日

练书法有感

吾书写吾心，
返璞又归真。
胸中无杂念，
笔笔见精神。

2005年6月8日

悼念父亲

父逝悲从心头起，
灵前哭煞断肠人。
恩深似海悔未报，
谁知七月别严亲。
鞠躬尽瘁为公安，
刚正不阿公仆心。
英名常与乾坤在，
美德永随天地存。

2006 年 7 月 24 日

赠解均先生

独觅诗书画，
痴情又念君。
梅吟一楼月，
兰奇不染尘。
菊写倩影摇，
竹绘高节尽。
梦异多新篇，
妙笔醉人心。
何时再聚首，
携酒对友人。

2006年12月10日

祝 福

瑞雪积丰门，
骄阳照景深。
又到换岁时，
围炉思亲人。
笑斟一杯酒，
遥举香可闻。
恭祝身康泰，
永葆快乐心。

2008 年春节

菏泽、开封行

（一）

东方欲晓天放亮，
六君相约出滨城。
辗转反侧遂人意，
将计就计水浒城。

（二）

老友新朋游梁山，
欢歌笑语满山涧，
千年古韵今犹在，
亟待开发在眼前。

（三）

东京汴梁开封府，
七朝古都渊源深。
今朝有幸来相会，
华夏文化永是根。

（四）

大梁古都相国府，
殿阁楼台星云布。

镇国之宝历史悠，
八方来客忆当初。

2008 年 4 月 28 日

登北岳恒山

巍巍北岳景美好，
千岩万壑如云涛。
今日登临方觉险，
绝顶险峻接碧霄。
徘徊回顾情无限，
十里幽径云步绕。
峰雄岭峭石嶙峋，
龙沙万里埋天骄。

2008年12月9日

三河湖黄昏

（一）

袅袅柳枝细风吹，
残荷落尽自芳菲。
落霞秋水鸟语喧，
打鱼人儿不欲还。

（二）

水清叶碧胜苏杭，
旖旎风光歌声飞。
湖秀景美韵无穷，
叠翠飘香花含泪。

2009 年 11 月 10 日

夜　书

夜晚休闲书寂寥，
不循古人任挥毫。
砚池饱蘸翰林墨，
笔走龙蛇莫狂傲。

2009 年 12 月 10 日

夜访雁门关

寒风刺骨星月冷，
六君夜访雁门关。
历经沧桑雄风在，
威震边塞千古传。

2010 年 1 月 23 日

悼念母亲

慈母一去杳无影，
泪如泉涌苦难言。
兴家崇俭勤操劳，
育后赡老难安闲。
博大无私教儿孙，
四乡邻里留典范。
寿终德望今犹在，
月到中秋月不圆。

2010年4月26日

新疆阿克苏

绿洲沙海一独秀，
“多浪”文化发祥地。
物产丰富事业兴，
民族和睦力无穷。

2011年9月10日

天山神木园

戈壁沙海一绿洲，
千年雪水任自流。
胡杨古柳皆重生，
历经沧桑话春秋。
如斯盛景人忘返，
刀斧神功天然成。

2011 年 9 月 16 日

迎 春 花

迎春伸入窗，
倩影月畔长。
报春君早至，
淡淡留清香。

2012 年 2 月 10 日

深 秋

残花落叶自飘零，
萧瑟秋风寒气浓。
阳光灿烂心意暖，
人间处处有歌声。

2012年10月13日

书法之道

（一）

笔寸金石气，
书有屋漏痕。
润格追雅逸，
兰风蕴天真。

（二）

临池半白知墨香，
览遍碑帖数二王。
继承方可有建树，
莫道白头空断肠。

2013 年 9 月 4 日

故乡情

有人说，
故乡是蜂蜜，
去年尝过一口，
今年还甜在心头，
而且永远不会忘记。

有人说，
故乡是影子，
无论你走到天涯海角，
总跟在你身后，
形影不离。

有人说，
故乡是陈酒，
搁得愈长愈久，
味道便愈香愈浓。

我说
故乡是一个真实的梦，
一个甜蜜的回忆，
是脑海里的一首诗，
是一个美好的未来。

2013 年 10 月 7 日

鸣翠湖漫步

鸣翠湖畔浪花柔，
春风依依系小舟。
水清草绿人兴旺，
暖风剪柳燕回头。

2014年2月20日

迎春曲

（一）

蛰龙起舞响春雷，
萌芽破土茁又肥。
采蜜群蜂入花丛，
衔泥燕子穿梭飞。

（二）

和煦春风扑面来，
轻风细雨展胸怀。
生机盎然八方景，
笑谈致富出人才。

（三）

春回大地河山秀，
旭日曈曈天地新。
新岁早商兴国计，
雄心争做弄潮儿。

2014年3月12日

月季园

缕缕芬芳沁吾怀，
谁家月季栽亭台。
姹紫嫣红亭亭立，
纷至沓来游人织。

2014 年 9 月 11 日

茶壶

沉默寡言心里热，
不见君子不低头。
文雅之士用此君，
清心快乐人长寿。

2014年10月2日

清贫咏

为人淡泊胜如天，
欲富贪荣反累牵。
质本洁来还洁去，
悠游快乐胜神仙。

2014 年 12 月 8 日

访扬州

雨雪交加访扬州，
新朋老友今来游。
瘦了西湖情更好，
人天美景不胜收。

2015年1月28日

学　画

瑞雪如仙客，
飘然北海园。
兴来笔濡墨，
纸上生幽兰。

2015 年 2 月 1 日

习书法随感

满怀深情笔在手，
龙飞凤舞书海游。
风土人情纸上见，
大千世界翰墨香。

2015 年 3 月 2 日

邹平行

梦牵魂绕故地行，
梁邹处处展新容。
黛溪河畔高楼立，
白云山下花万丛。
东区工业迈大步，
南区崛起建商城。
魏桥西王创新高，
生态和谐万事兴。

2015年3月6日

无　题

（一）

牡丹花盛开，
风雨故人来。
佳肴伴美酒，
情谊春常在。

（二）

人间最美三月天，
牡丹盛开二常苑。
亲朋故交共欣赏，
争妍斗美绽新颜。

2015年4月10日

泾县访纸

（一）

自古泾县出名纸，
今朝访纸到此郡。
日月精华聚灵气，
文化遗产唤青春。

（二）

东汉发明造纸术，
唐代宣纸传到今。
得天独厚青檀皮，
百道工艺成精品。

2015年5月30日

知音

碧水青山形影映，
一曲知音格外芳。
桃花艳丽春风动，
潋滟清香月放光。

2015年8月9日

月　色

月色清如水，
欣闻蟋蟀鸣。
凉风拂绿树，
古琴叙幽情。

2015 年 10 月 11 日

太行游

（一）

太行明珠万仙山，
嵯峨绝壁令人叹。
林海苍茫山柏翠，
泉水飞流野味鲜。

（二）

万丈丹崖郭亮村，
举世无双创奇迹。
愚公精神通天路，
盘空曲径任东西。

（三）

畅游喜逢诞辰日，
老友开怀饮几杯。
雅媚风光心畅爽，
有缘千里来相会。

2015 年 9 月 8 日

访太行山赋诗四首

其　一

夕照村落两三家，
迷人景色生天涯。
庙宇荒祠山岭上，
古木森森遍野花。

其　二

置身云雾揽群山，
登高望远天地宽。
茶马柔情传古道，
细看碑篆泪成斑。

其　三

翠壁丹崖石屋悬，
探奇至此欲登仙。
嶙峋叠嶂千峰立，
峻峭层峦别有天。

其　四

一溪秀水映斜阳，
独有柳枝欲梦乡。

芦苇千重相对望，
远山近水正茫茫。

2015年9月14日

悼念魏锁军先生

（一）

与君相识十五年，
同源同姓恨见晚。
中天亮星逝陨消，
苦吾向谁抛心田。

（二）

昔日相聚包头城，
痴醉丹青翰墨间。
处世博慈良友众，
推心置腹侃忘眠。

（三）

昔人乘鹤已西去，
一杯清月照肝胆。
人生若得一知己，
愿弃红尘十指寒。

2015 年 9 月 24 日

落叶有感

秋风落叶满空飘。
生机葱茏景正消。
君有惜情且遗散，
何日绿色染春梢。

2015 年 11 月 10 日

惊 蛰

微风惊蛰日，
碧翠满坡坪。
旭日东林照，
放歌踏山行。

2016 年 3 月 5 日

夜色如水

窗外，皓月当空，夜色如水，
日子，也如流水一般，
流过我的额头和鬓角的白发。
流过阳台上无语开放的
那盆夜来香，
回首一甲子。
青春的沙漠里总有，
“叮当”的驼铃声。
中年的壮怀激烈，无私奉献，
暮年的与世无争。
无怨无尤无愧悔，
坦荡胸怀一放翁。
向昨日的青春告别，
向未来的多彩招手。
我还是我，
心理年龄永远年轻。
就好像那远山尽处永远明亮的星星。

2016年7月13日

感 悟

虚名浮利淡如云，
历尽沧桑品最真。
耿直宽厚心坦荡，
莫于人后论是非。
淡泊宁静诚为本，
有情有义有精神。
暮年寄语诗言志，
老骥奋蹄满目春。

2016年9月8日

采桑子

明月最是今宵好，
岁岁仲秋。
今又仲秋，
各领风骚话九州。
举杯高吟邀明月，
喜在眉梢。
醉在心头，
共话盛世乐悠悠。

2016 年 9 月 15 日

登盘山

胜景盘山景色幽，
帝王将相竞来游。
乾隆幸巡三十二，
御笔留诗数百秋。
秀谷禅寺钟声远，
三盘暮雨扫昔愁。
碧树万顷龙骨气，
津门遗韵情悠悠。

2016年10月3日

黄崖关

万里长城黄崖关，
太平筑寨永乐年。
燕山虎踞钟灵秀，
民族瑰宝展世间。

2016 年 10 月 4 日

为张志彬先生题

篆隶散清香，
纵横任短长。
悠悠金石气，
刀斧见苍茫。

2016年10月25日

附：书法作品鉴赏

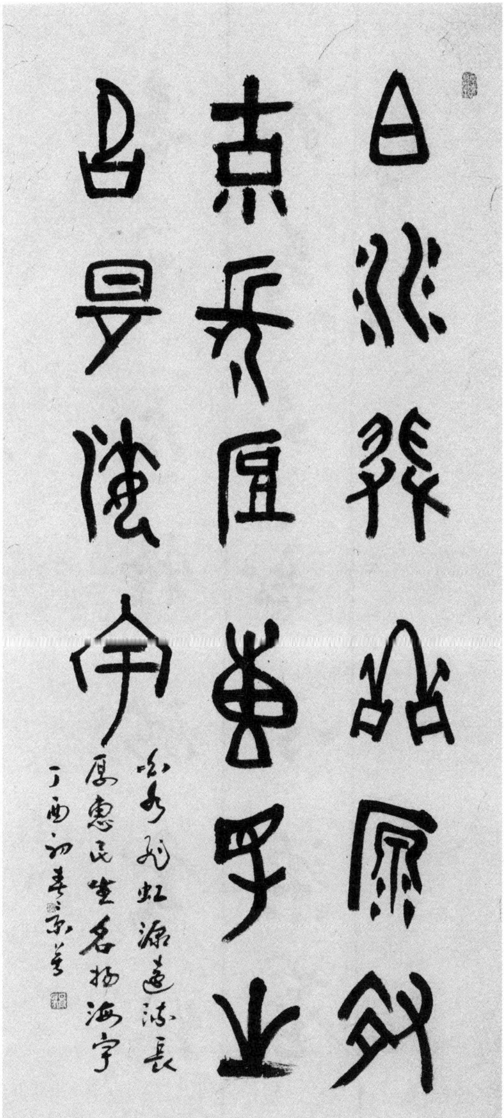

白水飞虹源远流长　厚惠民生名扬海宇　69 cm×138 cm

春风大雅能容物　秋水文章不染尘　50 cm×138 cm

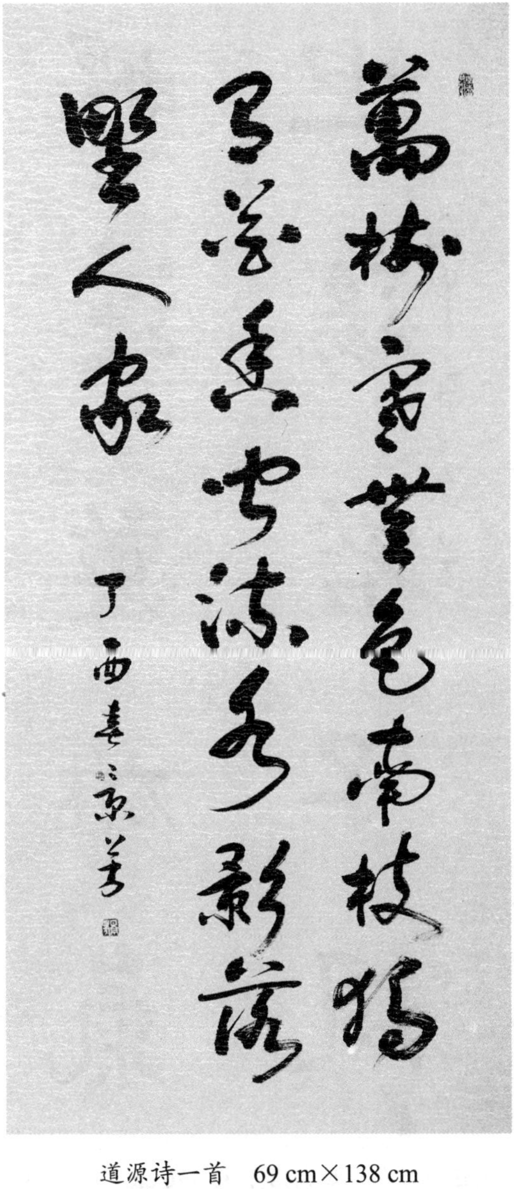

道源诗一首　69 cm×138 cm

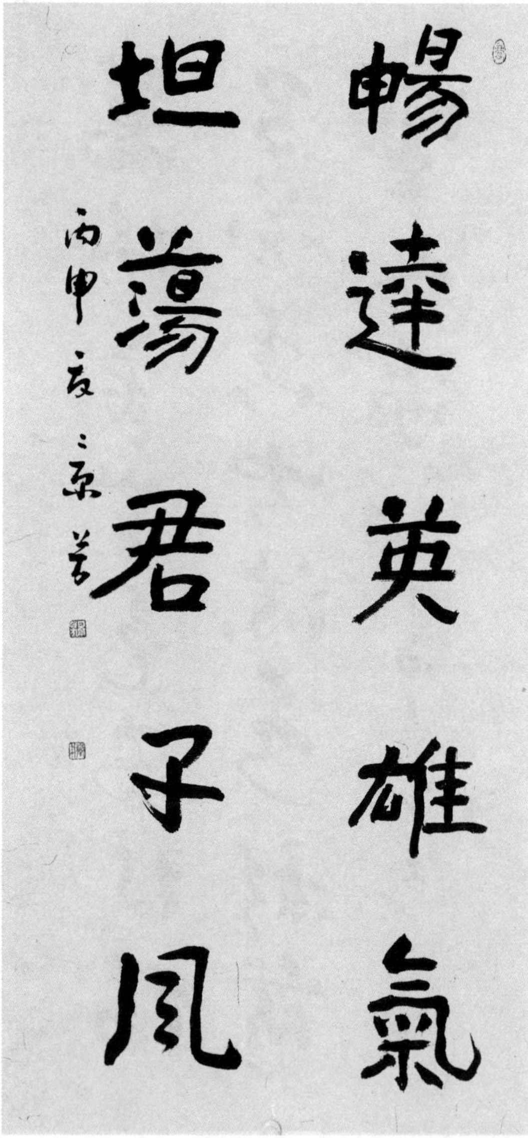

畅达英雄气　坦荡君子风　70 cm×138 cm

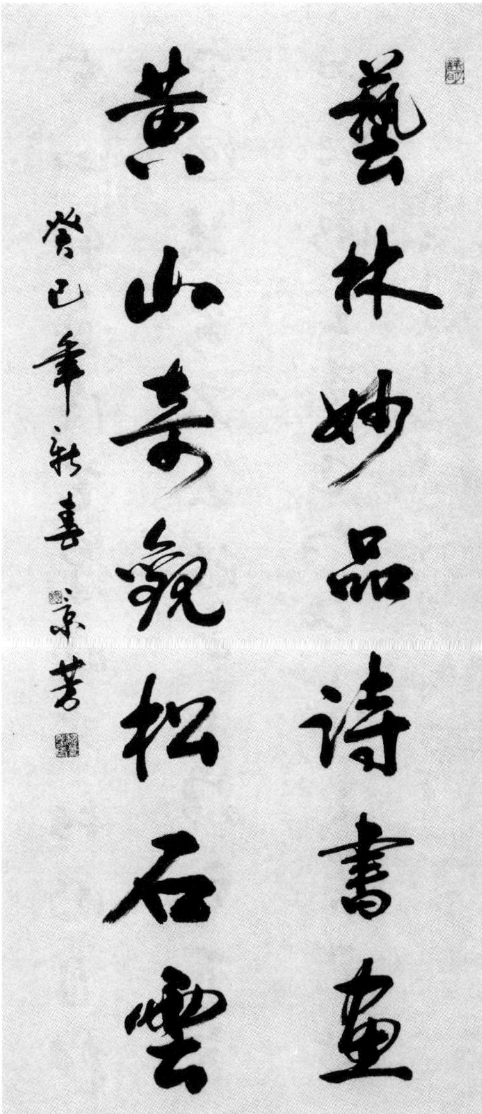

艺林妙品诗书画　黄山奇观松石云　68 cm×138 cm

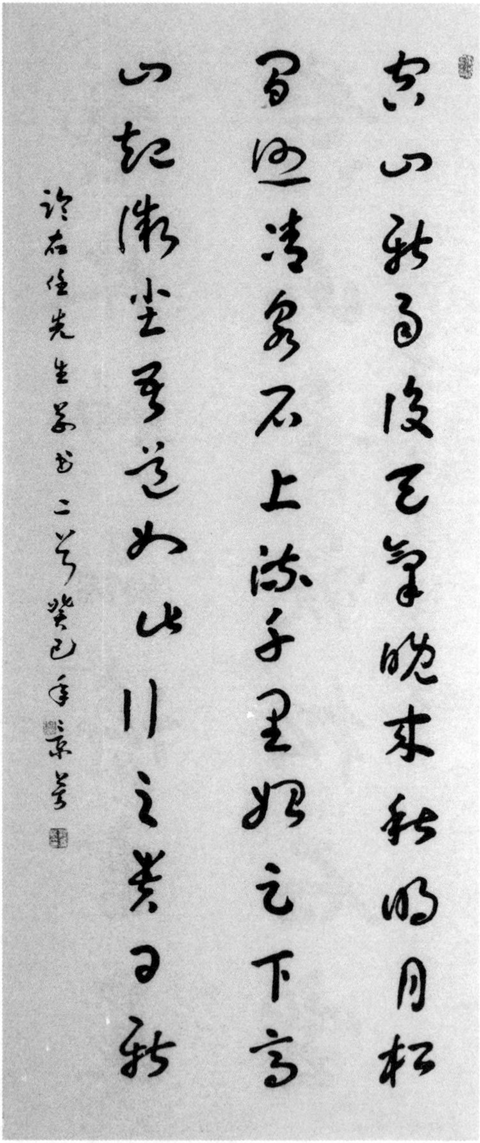

古诗　68 cm×138 cm

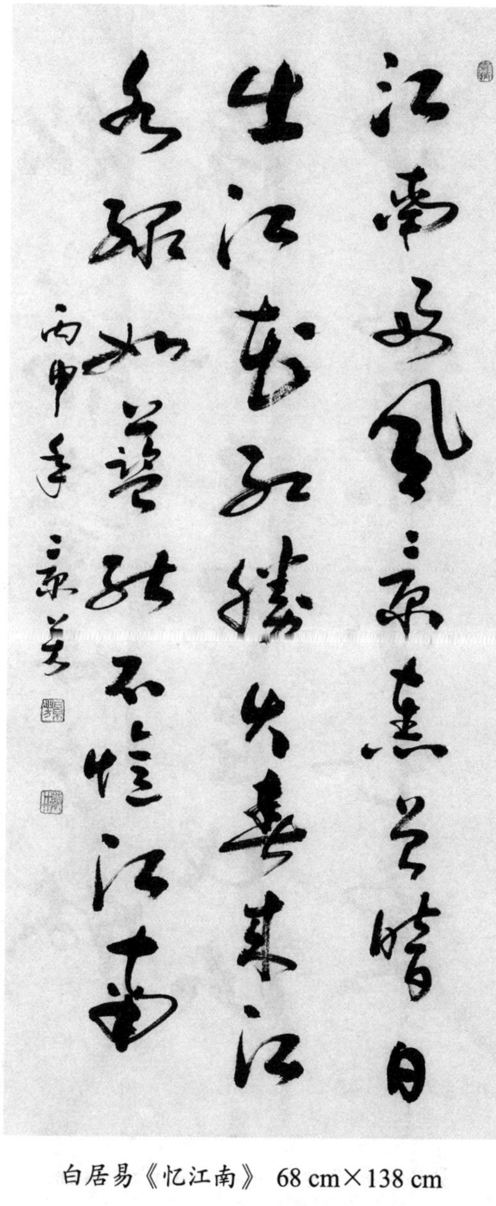

白居易《忆江南》 68 cm×138 cm

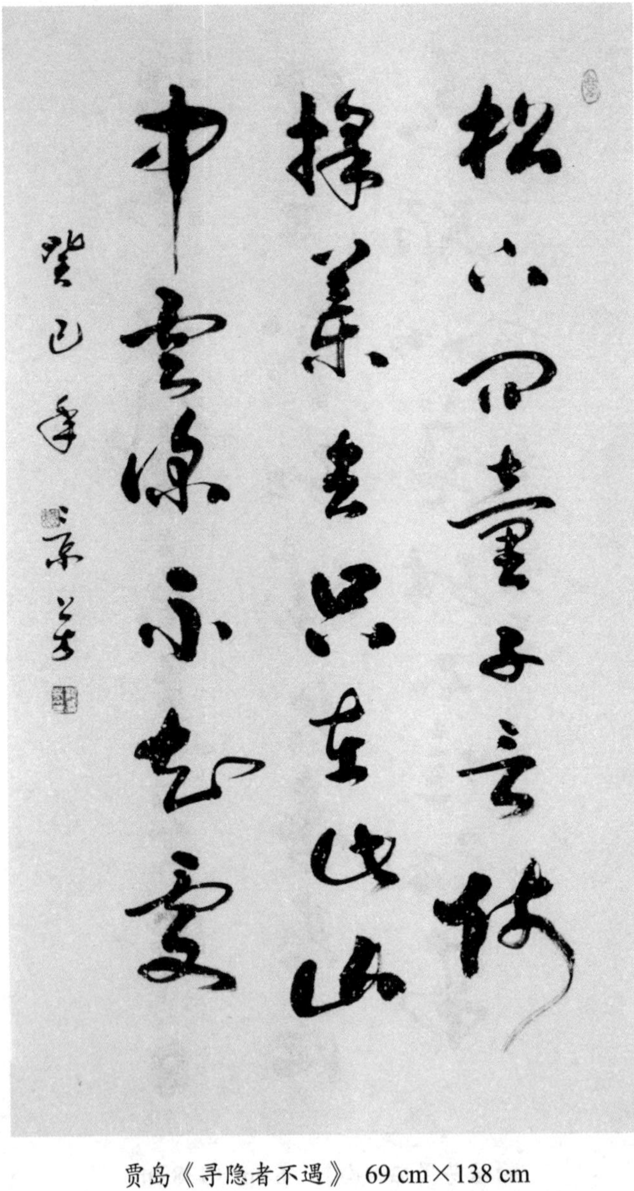

贾岛《寻隐者不遇》 69 cm×138 cm

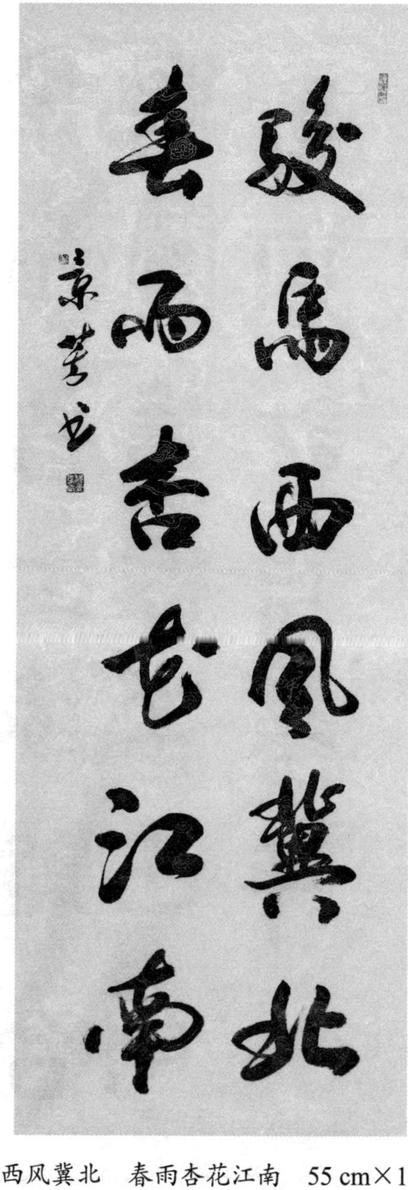

骏马西风冀北　春雨杏花江南　55 cm×185 cm

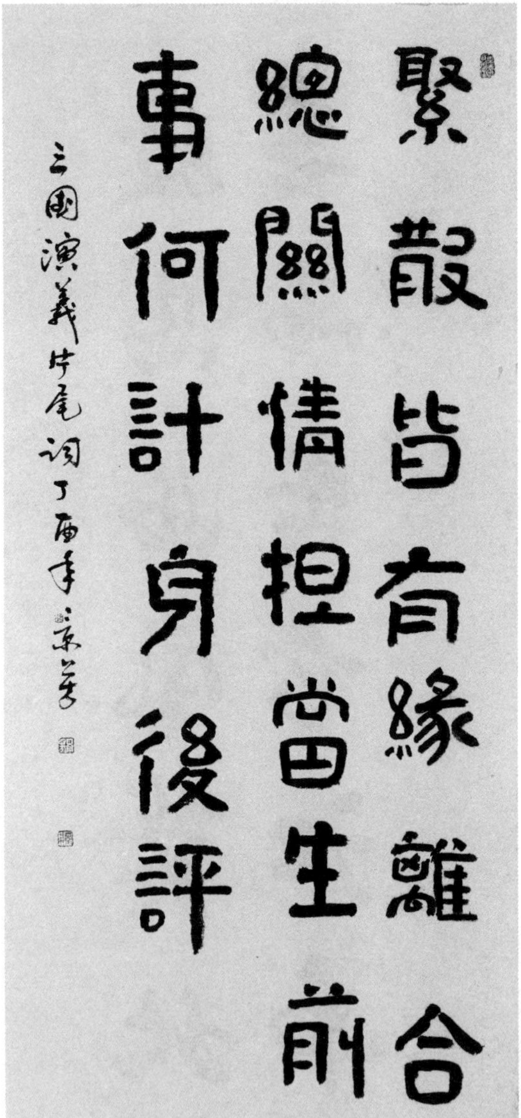

《三国演义》片尾词　69 cm×138 cm

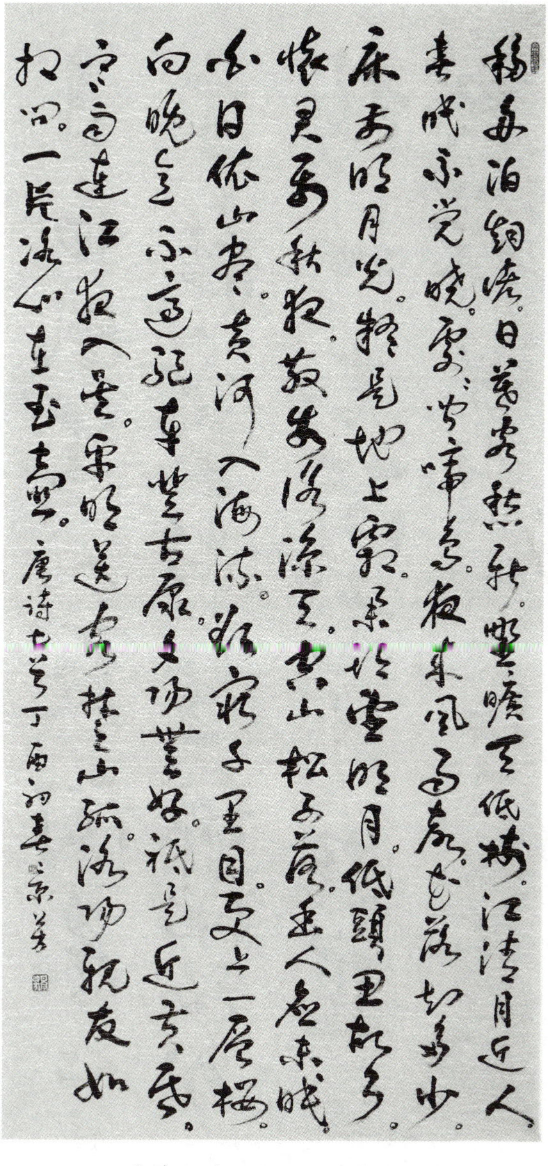

唐诗七首　69 cm×138 cm

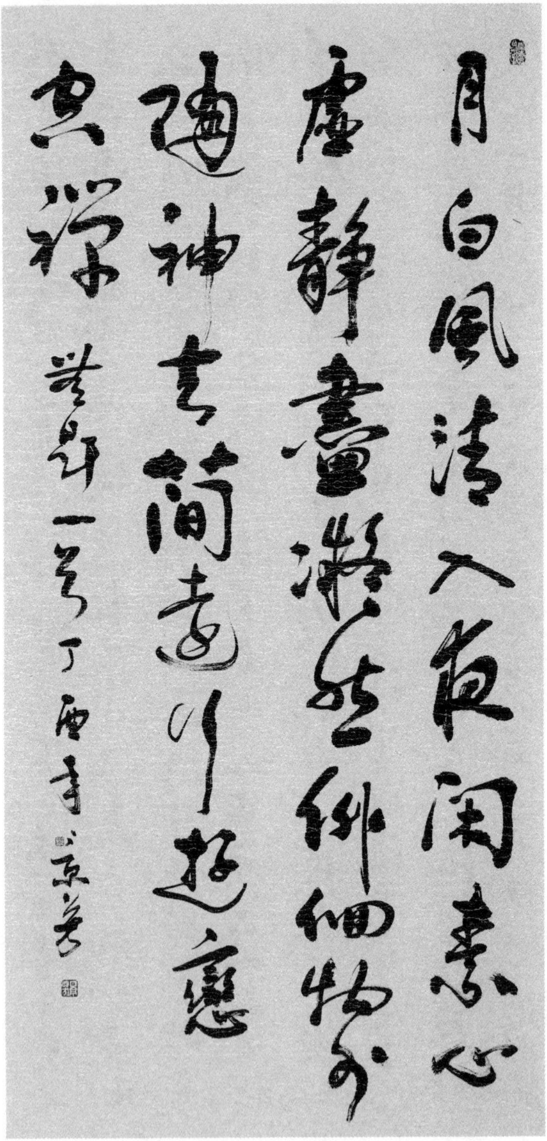

王勃诗　69 cm×138 cm

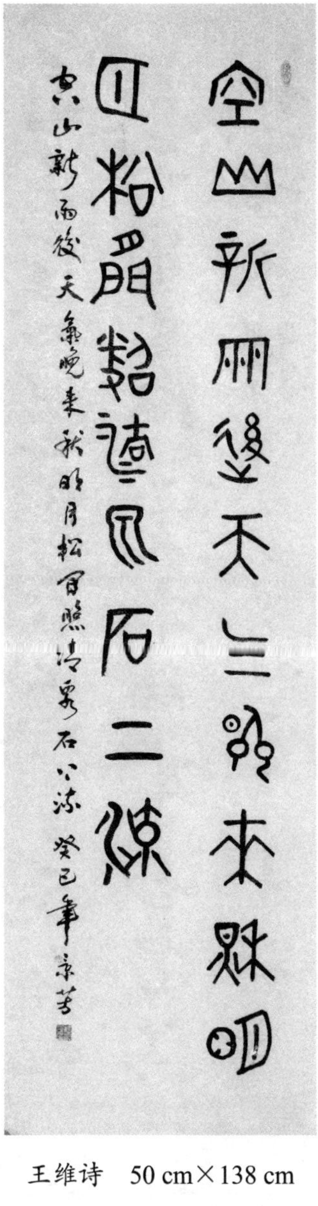

王维诗　50 cm×138 cm

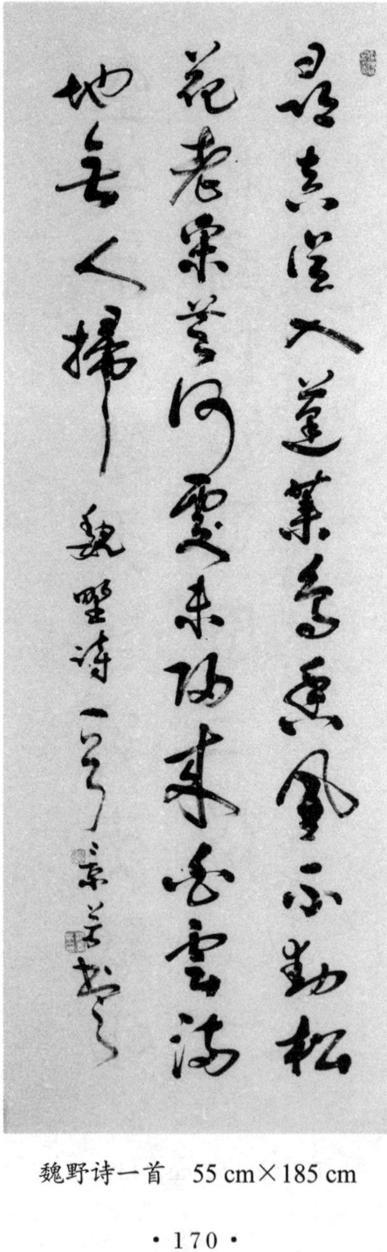

魏野诗一首　55 cm×185 cm

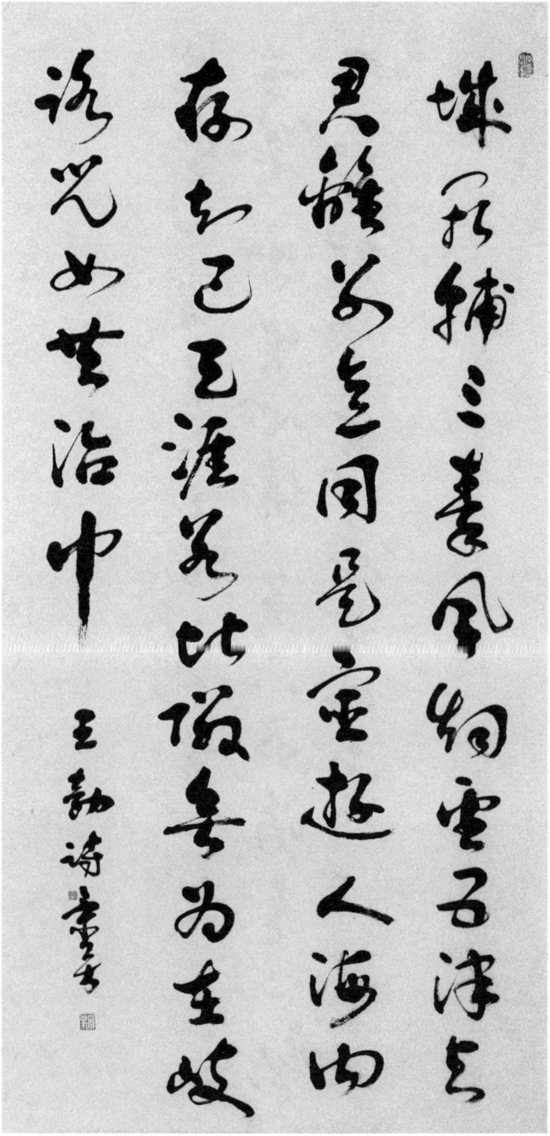

无题诗一首　69 cm×138 cm

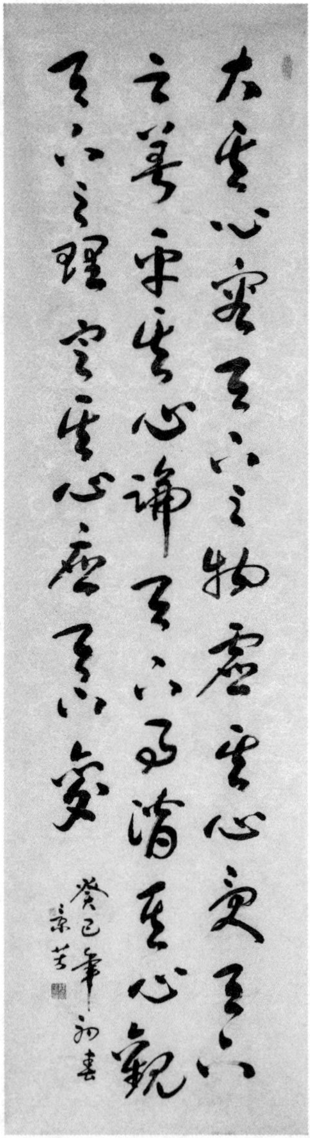

西山群仙会真记　50 cm×138 cm

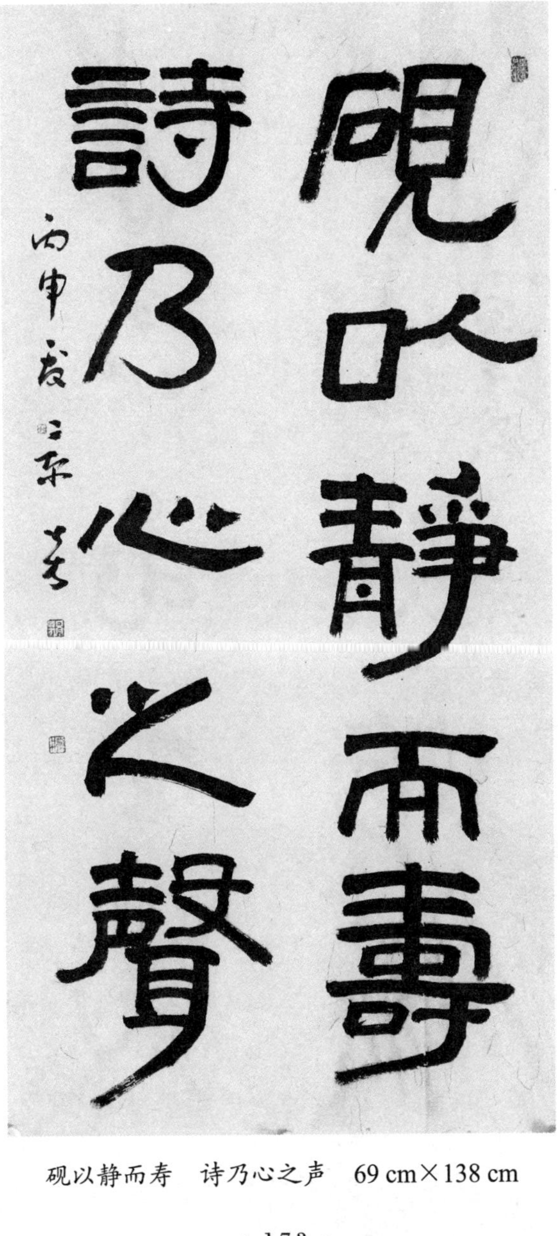

砚以静而寿　诗乃心之声　69 cm×138 cm

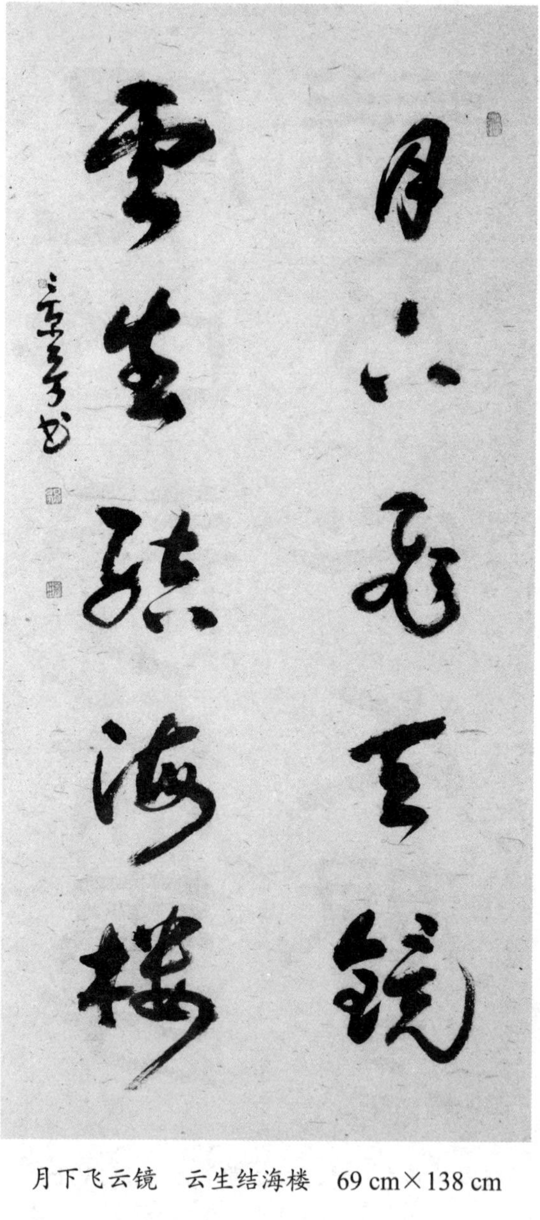

月下飞云镜　云生结海楼　69 cm×138 cm

后　记

退休后，静下心来，将过去的部分散文、诗歌、书法作品整理编辑成册，名曰《长河流沙》。这本书说它有多高的艺术价值那是不自量力，也未曾想过，但它是我真情的流露，实情的表达，是我工作之余几十载的思索和感悟。树木有年轮，人生有段落，回首前半生，沧桑如诗。现在斗胆付梓，算是给领导、同事、亲人、朋友留个纪念，也圆了自己的一个梦。衷心感谢曲延庆先生为此书题名写序，感谢赵雪松先生、陈杰先生、张志彬先生的鼎力相助，感谢翟芳女士、常媛女士付出的努力。对诸位的匡助在此一并致谢！同时欢迎社会各界、读者批评指正。

作　者

2017 年 3 月 30 日于滨州北海